◆◆ 中国文学名家小小说精选丛书

别推那扇门

刘怀远　著

江西高校出版社
JIANGXI UNIVERSITIES AND COLLEGES PRESS

南　昌

图书在版编目（CIP）数据

别推那扇门 / 刘怀远著 . -- 南昌 : 江西高校出版社 , 2025. 6. -- (中国文学名家小小说精选丛书).
ISBN 978-7-5762-5594-2

Ⅰ . I247.82

中国国家版本馆 CIP 数据核字第 2024C1G549 号

责 任 编 辑　王丰林
装 帧 设 计　夏梓郡

出 版 发 行　江西高校出版社
社　　　　址　江西省南昌市新建区工业二路 508 号
邮 政 编 码　330100
总 编 室 电 话　0791-88504319
销 售 电 话　0791-88505090
网　　　　址　www.juacp.com
印　　　　刷　鸿鹄（唐山）印务有限公司
经　　　　销　全国新华书店
开　　　　本　650 mm×920 mm　1/16
印　　　　张　13
字　　　　数　160 千字
版　　　　次　2025 年 6 月第 1 版
印　　　　次　2025 年 6 月第 1 次印刷
书　　　　号　ISBN 978-7-5762-5594-2
定　　　　价　58.00 元

赣版权登字 -07-2024-984

序

青铜器质的风格

凌 翼

光阴荏苒，屈指一数，与刘怀远交往竟长达二十余年矣。

怀远故乡河北廊坊，现居武汉，离我家九江，是一段长江的距离。

怀远创作了一批紧扣时代脉搏，贴近社会底层，反映当下众生的正能量优秀作品。这些作品在报刊发表后，相继被《小说选刊》《作家文摘》《语文教学与研究》等重要选刊转载，多次收入文学选本，多篇入选中学语文阅读试题，收入新课标和人教版中学同步教辅，多次荣获文学奖项。我从各种途径获知，对他的创作成绩由衷地欣喜。

怀远的作品中常常混淆着既矛盾又融合的场景：他生活在城市，却眷念乡村的明月；当他的笔墨触及北方的朴实时，又如江水回澜般洇染南方的柔情。与生俱来的悲悯糅杂在他的文字里，看似一件普普通通的小事，通过他三言两语的糅合就变得阔大、精深、趣味盎然。

他的作品，宛若从日常中捕捉到一丝诗意，经过炉火熔化，精心浇筑之后呈现出来的一件青铜器，凝练、朴实，在时间中透出它的深度和厚重。怀远小小说的语言非常精致，精练的文字像魔术师手里的道具，让人想知道他高明的手腕究竟变出什么样的底牌来。文字看似简洁，但表现的却是极其丰富的内涵。

正如诺贝尔文学奖获得者布罗茨基所说，一个人读书越多，他就越难容忍各种各样的长，无论是在政治或哲学话语中，还是在历史、社会科学或小说艺术中。文学作品的厚重和存世不在于长度，而是质量。近年来，小小说作家们的辛勤创作得到了广大读者的恩宠，小小说已跻身小说四大家族行列。在快节奏的当下，小小说比中长篇小说更具有俘获大众的魅力。

一颗露珠可以折射太阳的光辉，一篇精美的小小说，也足以带给人们心灵震撼和艺术享受。铁凝说，"文学是灯"。这盏灯，是自古以来的伟大诗篇捻成的灯芯，历代读者和新进作者给这盏灯添油加芯。这盏灯永远年轻，照亮着生活在尘世间众生的眼眸和心灵，使人类前进的旅途充满色彩和韵味！

为小小说加油！为怀远作品点赞！祝愿怀远的作品烛照一方净土，点亮一片天空！

（凌翼　中国作家协会会员，鲁迅文学院首届高研班学员，江西省作协常务理事，九江市作协副主席）

CONTENTS
目　录

别 推 那 扇 门

II

第一辑

你好北京

◀ 我爱北京天安门

多年前，一首歌红极一时，就是《我爱北京天安门》。在偏远的山区，一个少年，怀着崇高的敬意，萌生了去祖国首都的想法，他要去天安门，去每天做梦都会梦到的天安门，去见金碧辉煌的城楼上挥手的伟大领袖。于是，他刻苦学习，争做好事，终于成为优秀红小兵，并且他将作为地区的唯一代表，去北京参加全国优秀红小兵的会议，这个好消息让他高兴得寝食不安。然而，后来却没了音信。再后来，才知道，这个名额被市里的孩子顶替了去。

他沮丧到极点。老师说，是金子总会发光，太阳不会总被乌云遮住，努力吧，只要你优秀到无与伦比，就没有人可以替代你。

他记下了这句话，做事更加刻苦认真。

"那少年是你吗，经理？"听他讲话的员工插嘴。

他年轻的脸笑笑，听我继续讲。

他虽然失去了第一次去天安门的机会，却没有消沉。每当他松懈的时候，一唱起《我爱北京天安门》这首歌，都会让他充满了力量。

后来，家里的顶梁柱倒了，他的还在壮年的父亲突然瘫痪在床，贫困一下子折断他理想的翅膀，他选择离开学校，去支撑起家庭。虽然每天山下耕种，山上砍柴，但怀揣梦想的他，每天坚持自学。几年后，他参加高考，终于考中了北京的一所重点大学。

"经理，这个人一定是你。不过你们那里好闭塞好落后，你竟然是听着父辈年代的歌儿长大。"又有员工说。

他笑笑，还是没有回答，接着往下讲。

去上大学前，一场突如其来的山火再次改变了他的命运。山火烧光了几座山上的植物，也让勇敢扑救山火的他在医院躺了大半年，大学梦破碎了不说，最后落下腿部残疾，面目也被烈火炙烤得有些扭曲。望着镜子里狰狞的自己，他绝望了，他跛着脚几乎整整爬了一天，才到达山顶。站在绝崖边，他想象自己将怎样像鸟儿一样飞翔。这时清风吹来，一股旋律一下子从心底响起，那是饱含他梦想的歌曲，那也是他还没有实现的梦想。他顿时清醒，大哭一场，连滚带爬地下山来，他横了一条心，今生今世一定要去自己的首都，要看到天安门！

他拖着一条跛腿，辛勤度日，他和大多数人一样，娶妻生子，生活的压力使他好像没有了什么锐气。后来儿子大了，他用他扎实的知识一门心思地辅导儿子的功课。儿子很可爱，有人问他，长大去干什么？儿子会大声地回答，去北京，去看天安门！也难怪，儿子从小就听爸爸哼唱一首歌，稍大些就知道爸爸有一个总也没能实现的梦想。儿子憋着一口气，一定到北京去读书，一定在北京工作，一定把父亲接来看天安门。

儿子很争气，也赶上了好时光。儿子要去读大学了，他央求父亲送他到北京的大学报到。他摇摇头说，你的想法我知道，但我刚包下荒山，哪里走得开？你是男子汉，你自己会行的。孩子，你先在天安门前照个相给爸爸寄来，总有一天，我会亲眼看到天安门的！

再后来，儿子大学毕业了，留在了北京一家公司，几年后，在领导和同事们的关心提携下，当上了业务经理。他多次要接父亲来北京，父亲却一口回绝。儿子就央求爸爸，说，以前不能来是生活困难，现在吃住不愁，该来了。父亲说，儿子，你是知道的，爸爸从小的梦想就是看天安门。我虽然有点残疾，但我想自食其力去北京，去天安门！

"我知道了，"说到这里，又有员工插话进来说，"那人是您的父亲！"

是的，他眼里噙着泪点点头，是我倔强固执的父亲。因为常年绿化荒山而当选上劳模的他，每次通话他都豪气十足地说，山上现在已是满目青翠了，等满山的树木长大，就来北京。

那还要等多少年啊？有员工嘀咕。

是啊，我也这么说，可他就是那么执拗。昨天，就在昨天，我的父亲打来电话，他声音颤抖地说他马上就来北京，来天安门了！

"树这么快就长大了？"

是政府组织劳模们来北京参观旅游的！

一片掌声。

我今天真高兴，所以和大家倾诉一下心里话，接下来的几天，请允许我专心陪伴老父亲，和他去天安门上唱响老人家心中最美的歌，工作上就请大家多辛苦了！

好的，部门副经理站起来，"我提议，为老人家终于圆梦，我们一起唱这首老歌来欢迎他的到来好吗？"

"好！"

"好！"

"好——"

大家目光晶莹地齐声回答，承载了两代人梦想的歌声瞬间在办公室回旋：

"我爱北京天安门

天安门上太阳升……"

◀ 天才金嗓子

　　金嗓子的嗓子是天生的好。金嗓子光着屁股和小伙伴们满街玩游戏捉坏蛋时，他的一声大喝："你往哪里跑？"引得位过路的老者驻足打量。看金嗓子精瘦细长，五官端正，说：有这副好嗓子，一生的吃穿不愁了。旁边的大人们有认出老者的，是位梨园行里著名的人物。有了名人的评价，我们那一片都知道金嗓子以后会成大事，大了会靠嗓子吃饭。金嗓子一下蹿红，成了孩子王，他本人更高兴，街巷里飘荡的除了炊烟就是他高亢的野腔无调的歌声了。

　　金嗓子一上小学，就被音乐老师看中，参加了校办歌咏队。再大些，又被一家曲艺学校招去做了学员。金嗓子顺水顺风，春风得意。老师教导别的学生时，总是拿他当典型：听听他的声音多洪亮，怎么你们就净在喉咙里哼哼呢？金嗓子更得意了，学业上就松懈了很多。因是名人，就有一些女孩子追求，青春期萌动的金嗓子自然不能脱俗，早恋了。老师发现他的成绩总没长进，多次谈心，正在甜蜜里泡着的金嗓子哪里听得进？别人刻苦学习基本功的时候，他还是拿好嗓子喊几声敷衍了事。三番五次的谈心后，每月拿固定工资的老师也不过多难为他，顺其自然吧。金嗓子的声音比以前更响亮，但歌唱却不动听，不能跟着乐谱走。

几年的光阴眨眼过去，艺校的学业结束了。

金嗓子没能进正规文艺团体，跟了草台班子。班子虽草，也讲究字正腔圆，他只能凭了青春帅气，在歌唱演员身后夹杂在女演员中伴舞。跳了几年，年龄大了，筋骨硬了，又转行。改跟当地的红白戏班，这回他终于手握麦克风一展歌喉了。现今的红白戏班主要是给民间丧事添热闹凑人气，金嗓子跟着唱了几次，就失业了。原因是他的演唱在高亢嘹亮的基础上，游荡出自己擅自的音符改编，其实也就是在高低音上稍微不合时宜地偏差一点，效果却是意想不到地给人滑稽和幽默感，能让正号啕痛哭的孝子破涕大笑，不能节制。

金嗓子生活上为了难，也后悔自己蹉跎掉的艺校时光，明白了天才只靠先天的那一部分是不行的。可天下没有卖后悔药的。天生我材必有用吧，饿得两眼冒绿光的时候，有干小本生意的远房亲戚看中了这个廉价劳动力，叫去帮忙。面对山穷水尽的峰回路转，他的悟性一下好起来，二个月的时间，边帮忙边熟谙了这行当进货出货的精髓。

现在您走到我们那儿附近，准会听见一个高亢洪亮带有中年男子磁性的声音在空中盘旋："回收旧电视机，洗衣机，空调，冰箱冰柜——！"您会诧异，这人光凭嗓子一喊，竟比一些拿了电喇叭的商贩声音还大。

金嗓子还是靠嗓子吃饭了。

◀ 娘 舅

舅舅在建伟心中很高大，尽管他还没见到过舅舅。

娘和建伟相依为命，也没有近亲。日子苦得不行，他和娘要这要那，娘抹一把泪，说，儿啊，咱母子吃饭穿衣要紧，先忍忍，等你舅舅来了，会买给你的。建伟就安静下来，知道了自己有个舅舅，并且舅舅很有钱。

在街上游戏，受了小伙伴们的殴打，他号啕痛哭的时候，娘会闻声风风火火地赶了来，大声呵斥：你们要好好和他玩，不然，他舅舅来了有你们的好果子吃，他舅舅是解放军，手里有枪！

孩子们被威慑住。建伟又知道了舅舅是解放军，舅舅有枪。

建伟每天焦急地盼望，盼望舅舅的早日到来。

舅舅总不来，建伟就和娘说，娘，咱去北京看舅舅吧。

不去，你舅舅工作忙。娘头都不抬地说。

我不忙，咱去看他。

娘说，舅舅是保密的兵工厂，不能随便进。

建伟便理解了舅舅为什么还不来他们家。

娘说，儿啊，你要好好读书，长大了和舅舅一样，也到北京去为国家做大事！

建伟郑重地点点头。于是，建伟的学习就非常好。

建伟读到高中的时候，他感到了娘肩上的沉重，任凭娘怎么劝，他都不去学校了，一门心思想去挣钱养家。第二天他就要走了，娘匆匆地拿个信封来，说，你舅舅来信了，快给娘念念。

建伟一把接过，读了起来。舅舅在信里问候他们，要建伟好好读书，少年贫困不算困难，没有知识是要一生困难的。我不给你们寄钱，是怕你们养成好吃懒做的习惯，是要你们独立，自强。

建伟仔仔细细看了几遍，记住了舅舅鼓励他的话，却恨起了舅舅。自己在城市里吃香喝辣，一分一毫不帮衬亲姐姐，还教育穷亲戚自立自强啊？好，我会让你看看的！

建伟回到学校，更加发奋地读书。建伟考上重点大学，大学毕业后，回到家乡，为建设家乡努力工作。

娘却老了，老得成了一把骨头。是浸满风雨的苦日子把娘的身体煎熬坏了。

娘躺在病床上，建伟问娘，您想吃点什么？

娘摇摇头，说，我什么都不想，看着你出息，我很知足了。

建伟又问，您想谁了？

娘摇摇头。

建伟试探着说，您不想俺舅舅？

娘笑了，眼里流露一丝难以捉摸的神情，说，我想他，可他不想我啊。

建伟想，该给舅舅写信了。

舅舅可能还没收到信，娘就咽了气。建伟连忙又给舅舅拍去加急的电报。娘的丧事一拖再拖，直到娘入土为安了，也没见到舅舅的影子。

建伟的心伤透了。从此，他不再叨念舅舅，也不再期盼，只当自己没有这个舅舅。

这年春节前，建伟很忙，过了春节，才发现自己的头发太长了。妻子说，你去理理吧。妻子是城市里长大的。

建伟说，不去。

过了几天，妻子要他一起去娘家，说，你去理个发，人显得精神。建伟说，不去。

妻子拿他没办法，只好在他午睡的时候，拿剪子剪短了他一绺头发，来逼迫他去理发。他醒后，对妻子暴跳如雷：你知道吗？正月里不剃头，剃头死娘舅！

按娘说的，舅舅也快60岁了吧？他叹口气。

他终于按捺不住，趁去北京出差的机会找舅舅。攥着发黄的信封，却怎么也找不到那个兵工厂，兵工厂太神秘了。他问附近锻炼的老人，老人说，从来也没有这么个单位啊。他说，您仔细想想，是不是曾经有过，现在搬走了？老人说，我在这住60多年了，就从没听说过。

您看看，这可是我舅舅当年寄给我们的信啊！

刚好老人是位集邮爱好者，接过老信封一番端详，说这是封假信，你看寄件邮戳和地址不符。

他接过一看，是的，尽管寄信人地址写的是北京某地，邮票上的邮戳原来是本县柳乡镇邮电所盖的！

他愣了半天，鼻子一酸，从肺腑里喊出一声：娘啊……

◀ 牵你左手走一生

　　小时候，他在马路边玩耍，蹦啊跳啊。突然，一辆汽车喝醉了似的冲过来，如果不是妈妈手疾眼快推开他，后果不堪设想。他躲过一劫，妈妈却在床上躺了一个多月。从此，妈妈的腿落了残疾，走路时稍微有点跛。从此，妈妈和他一起上街，都用右手湿热地紧紧牵住他。

　　后来，他上了学，妈妈每天接送，寸步不离，路上车辆多一点，妈妈就喝住他，然后用右手紧紧地攥住他的小手。

　　后来，他上了中学，妈妈依旧叮嘱他，要沿马路边走，不逆行，不乱跑。

　　再后来，他去读大学，妈妈叮嘱他，大城市里车更多，妈不能牵你的手了，可你一定要注意安全啊。

　　他终于在妈妈的提心吊胆中读完了大学。又留在那座城市工作。他想接妈妈一起来住，妈妈却说，你等找个女孩，成了家，妈妈也退休了，我再来。

他真的恋爱了。他和妈妈说，我喜欢上一个女孩。

妈妈说，好，好，要找一个像妈妈一样疼你爱你的人。

他说，是我大学的同学，我参加了工作，她还在读研，以后会比我学历高，工资高。

好，好，只要你满意妈就高兴，妈其实不看重这些，你也不是，只要人好。妈妈这样说完，又好像记起什么，你们一起上街时，她用哪只手拉住你？

他看看自己的左手，又看看右手，想了半天，也没想起来。

过了一段时间，他和那女孩无疾而终。

他又认识了一个女孩，他和妈妈说，这是个漂亮的女孩，和您喜欢的宋祖英像姐妹。

妈妈很高兴，问，她对你好吗？

他说，好，我们感情非常好。

妈妈问了女孩家庭情况，工作情况，最后又问，那你们一起散步时，她用哪只手拉你？

他又想了好半天，依旧没有想起来，怎么又忽略了这个问题呢。

过了段时间，他和这个宋祖英似的女孩也分手了。

后来，他的爱情里又遇见了几个女孩，也都错过了，因了妈妈的叮嘱，他开始注意她们是用哪只手去牵他。

春节回家，妈妈接过他的行囊，拉住他说，妈妈的白发多起来了，该给我找个媳妇回来了。

他说，妈妈，我正要告诉您，已经给您找好了。

妈妈说，我不要求她高贵，不要求她美丽，只要求她……

只要求走在马路上，她用右手牵住您儿子的手，是吧？

妈妈笑了，说是。

他说，我真的遇到了这样一个女孩。

妈妈为你高兴，这次你真的找到了爱你的人。

他说，妈妈，我终于明白了以前为什么您第一句总问这个问题。您是让我找一个真心爱我疼我的人啊。是的，每次一起出去，她都用右手牵我，我不是一个细心的人，所以都由着她。后来，在马路上，一辆车差点撞到她，紧急关头，她做的第一件事竟是猛地一把推开我，和我小时候那次车撞到您一样。从此，她再用右手牵我，我都拒绝了。车水马龙的街上，我更愿意用我的右手去牵她的左手，我愿她平安每一天，我要把她看得比我的生命更重要，我要好好呵护她。

妈妈初听时心里一揪，听完了又笑，是啊，遇到适合自己的人，付出比得到更美好。我儿子真正长大了，今后妈妈可以放心了，一辈子都可以放心了，你找到了真正爱你和你爱的人，就用你的右手牢牢地牵她的左手，走到地老天荒吧！

◀ 别推那扇门

    苗小稳真是乖乖女，我们上网游戏之时，却是她趴在床上写信的时刻。林玲问她写给谁，她说写给爸妈。

    现在谁还写信啊？估计整个大学校园，没谁会给父母写信。即使朝家要钱，也只打个电话回去。有时写着写着，她还泪眼婆娑。我们就逗她，快念念，让我们也感动一下。开始时小稳一脸的不高兴，仿佛我们真的会分享一份感动。日久天长，她也无所谓了，就高一声低一句地念："亲爱的爸爸妈妈……"我们都捂住腮帮子喊牙倒了。听了几次后，都要求停止，因为每封信都是老词旧调毫无新意。她好像读上了瘾，反倒更大声地朗读，直至我们捂着耳朵都跑出去。当我们重新回来时，有时会发现她还在偷着抹眼泪，看到我们，又灿烂地微笑起来。

    小稳写了多少信不知道，但她的父母在她的思念中一次都没来看过她。当我们父母来学校探望，带来的土特小吃分到她手上时，芦苇般瘦弱的小稳都是双手捧住，放在鼻尖下，狗般贪婪凝视，心神恍若游离。大家问，你父母为啥不来？小稳说，大概是疼钱吧，来一趟又坐火车又坐汽车的。林玲说，也不知道你妈妈长什么样子，快把照片拿出来。小稳说，我给你们画一下吧。她有绘画天赋，三笔两笔就画出来：一个妈妈牵着一个头扎小辫左肩头有块铜钱胎记的熊孩子，那孩子是童年小稳，她笔下长发披肩的妈妈绝对漂亮，酷似张曼玉。那段时间，正热播一部张曼玉主演的香港电影。过了段时间，又火张艺谋导演的大片，她再画出来的妈妈又有几分像巩俐。唉，这个小稳，哪儿都好，就是在这儿不靠谱。

时光忽悠过去，我们大学毕业了，我们寝室的都留在了这个城市。但好像只有小稳最幸运，找到了一份薪水很高的工作。当我们羡慕她时，她耸耸肩说，这要感谢我爸妈保佑，是他们的朋友帮了忙。唬得几个人都崇敬地望着她。我知道事情本身绝不是她说的那样轻松，每个周末她都马不停蹄地到处投放简历，她才买的一双新鞋的鞋跟已磨去一半儿。

又是几年过去，我们都成了大龄剩女，且都在外租住。这时，惊爆眼球的事情发生了，小稳喊我们去她的新房子聚会。

小稳买房子了？千真万确！

更加瘦弱的小稳站在客厅迎接我们，房子里残留着淡淡樟香，她说都是用生态环保的材料装修的。我们里外转着，客厅小了点，卧室也不大，厨房卫生间也秀气，勉强能转开身。林玲看见客厅的墙上还有一扇紧闭的门，就去开，却怎么也开不了。小稳发现了，忙拦住：别推那扇门！林玲说，为什么？小稳说，我专门留给父母的，只有他们才有权打开。

月光族的我们说，你可真行啊！这些年你攒了这么多钱啊。

小稳笑着摇头，我能攒多少，首付都是我爸妈给的，其他就分期贷款呗。

那天，我们几个都狠狠地喝醉了，或许是很久没有见面的激动和兴奋，或许是我们都没有房子而她有。我们横七竖八地躺倒在客厅和卧室，林玲让小稳打开那扇门，这样能休息好。小稳也喝多了，眼睛直直地傻笑，但坚决地摇头：爸妈来了，才能打开！

于是，那扇门在我们眼里充满神秘。小稳给父母怎么装修的，里面摆放了什么样的家具，里面是不是放着小稳写给他们的信件和妈妈的画像呢？

两个月后，还没有从对小稳的羡慕嫉妒中挣脱出来，就接到林玲风风火火的电话：小稳出车祸了！

我赶到医院，小稳已经停止了呼吸。我一下傻了，平时安安稳稳的小稳怎么会突然莽撞地翻越护栏？林玲说，小稳最后发的微博是：迎接"妈妈"到来！她倒下的路段，距离火车站不远。

我们大致弄清了事情的经过：小稳准备到火车站接妈妈，而公司临时来的客户耽误了她的时间，随后她急匆匆地往火车站赶，边走边看时间，妈妈的火车应该进站了；她急急地走，又看手表，妈妈该出站了，可能正四处张望。小稳着急了，望望要走五六分钟才能到达的过街天桥，瘦小的她突然越过将近一米高的护栏，像一只飞翔的鸟，轻盈地落下，她的米黄色手机同时跌落在马路中间，摔成两半。她弯腰去拣，一辆超速的悍马向她冲来……

那小稳的妈妈去哪里了？而小稳微博里的妈妈还带着双引号？

几个同学来到小稳空荡荡的房子，心情沉重地整理她的遗物。林玲推她留给父母的那扇门，推不开，也找不到钥匙。我们对望着，怎么办？

　　最后一致决定，用锤子！

　　猛烈的击门声惊扰了邻居，他走来大声说，干什么？拆墙啊？

　　我们解释说是开房门，他进来看了，说，哪还有房间，这是一室一厅的房子，那边是我们家。

　　这时门被扭开了，门开处，一面洁白的墙。

　　后来，民警解开谜团：小稳是弃婴，从小连生母的一口奶水都没吃过。她不知自己来自哪里，父母是谁。她一直寻找，关注网上找寻遗弃女孩的各种消息。她凭着胎记终于找到疑似亲生母亲的人，约好相见并去亲子鉴定。民警说，小稳出事的那天起，有个灰黑头发提着大包的女人在火车站前徘徊张望了两天，当民警从回放的监控录像中注意到这一情况时，老人已经消失了。

　　什么样的母亲会遗弃健全的孩子？什么样的原因才遗弃自己至亲的骨肉？

　　小稳走了，今后会有人来推她那扇镶在墙上的门吗？

◀ 七彩石

小晴放学回家，见爸爸正翻箱倒柜地找东西，小晴问，爸，找什么？

爸爸说，我去年探家时带回的半袋子石头呢？

小晴说，您是问那些七彩石吧？

其实那些石头不叫七彩石，是小晴给它们取的名字，它们色彩斑斓温润光滑。小晴说，我送给了来家里玩的同学。

啊？爸爸嘴巴张得能吞下一枚狮子头。

我给她们每人一块，还差王梅没有。她嫌最后一块青色的小了，想要一块大的，纯白的。爸爸，您下次再回来，就多带几块。

爸爸苦笑着，摇着头说，爸爸这次回来，就不去新疆了。

可我答应了王梅的。

哎呀，那怎么办呢？好吧，既然答应人家了，就说话算数。

小晴高兴地点着头。

晚上，小晴听见隔壁房间爸妈的谈话。妈妈说，都是你惯着

第一辑 你好北京·

孩子，你先不说我也不懂，十几块和田籽玉都送了同学。唉，送了的也就算了，可现在还要再花钱请人邮寄了来送，你傻不傻啊？

爸爸竟呵呵地笑了，说，说出的话要当真，石头也不算贵，只当是给孩子们买了玩具。

你呀你，孩子都让你给惯坏了。

小晴才知道她送出去的石头都不是普通的石子，难怪都那么漂亮。

当爸爸递给她一块纯白细腻的圆石头，叫她送给王梅时，小晴点了头，却没有送出，自己悄悄地藏了起来，因为她也很喜欢这块石头。过了几天，爸爸问，你同学说石头好看吗？从没说过谎话的小晴表情僵硬地嗯了一声。不过，小晴再见到王梅时目光总是躲躲闪闪的，就好像欠了她什么东西似的。王梅却跟她更亲热了，有一次还说了一句"七彩石真漂亮啊"，小晴忙找话岔过去，怕她知道了爸爸让送给她的石头被她截留了。

十几年过去，小晴要结婚了，小晴想要一辆轿车做陪嫁。爸爸把所有的积蓄都给了小晴，还把当年王梅嫌小的青色石头拿到古玩市场上，卖了 3 万元。小晴惊呆了，没想到一块小石头能值这么多钱。她后悔着，当年竟把那么多的石头都给了同学，估计当时她们玩上几天也是随手丢掉了。不过她也庆幸没有听爸爸的，没有把石头再送给王梅，这一块个头大，肯定会更值钱。

虽然她和王梅的友谊一直没有间断，但王梅和她的人生道路有了很大的差异。小晴在事业单位上班，虽说工资不高，却有保障。而王梅几经波折，离婚后在附近开了一家福利彩票代售点。

老来无事的小晴爸爸成了王梅那里的常客,每期都要买10元钱的。小晴问爸爸,你想发大财啊?爸爸眯起眼,多少年不变的呵呵一笑更显慈祥。他说,人总得有个希望,才有奔头。一期一期地盼着中奖,就是奔头,日子就过得带劲!

您真盼着中大奖啊?

呵呵,十元八元的也不多,只当是买零食吃了,何况往大了说还是对国家福利事业做贡献呢。有时爸爸白天出去遛了一天,晚上才想起还没买彩票,懒得动了,就让小晴给王梅打电话,说给我随机打10元的彩票,明天去拿时再给钱。

这天,爸爸让小晴给王梅打电话:打10元钱的彩票,号码?你看着给选吧。

隔了一天,王梅来敲门,气喘吁吁地进门就说,小晴,你的彩票中了大奖!小晴和爸爸都愣了,虽说每期买,虽说也期待,但怎么也没想到真的中大奖。小晴说,你不会搞错吧?王梅递过一张彩票和一张都市晨报,你对对号码,500万呐!小晴仔细看了,千真万确一等奖。小晴说,不会弄错吧,买彩票的钱还没给你呢。王梅掏出几张彩票说,不会错,彩票背面都写着名字呢。翻过彩票,中奖的这张后面用铅笔写着一个"晴"字。其余两张没中奖的,都写着"梅"。小晴问,这是给你自己买的?王梅点点头。小晴一把抓住她的胳膊说,你真是我的神,铅笔写个字也作数啊?

爸爸这时也说,王梅呀,彩票你拿走吧,我也不给你买彩票的钱了,你生活不宽裕,刚好贴补下。

王梅坚决地说,是谁的就是谁的,这张彩票是给您打的,就是您的，哪能没了诚信？

你真是傻孩子。爸爸说，不就是铅笔写的一个字吗，再说中奖号码都是你选的。

王梅说，伯伯，您还记得您送我的七彩石吗，我一直珍藏着呢。

小晴的脸红了，她手上的石头从没出手啊，有这回事吗？

爸爸说，我记性不好，早忘了。

王梅说，我忘不了，当年放学时您亲自在学校门口给我的，还说小晴忘记了带。

小晴依稀想起，当年邮寄了两块来，而另一块过了几天再也不见了。

爸爸又是呵呵地一连串地笑，对小晴说，那你们俩商议彩票的事吧，我出去锻炼了。

小晴把彩票推给王梅，王梅固执地用力推回来，两个人来回反复着。小晴一下想到了她们的童年：童年的王梅，童年的伙伴们，她们一起拿七彩石做游戏，然后她分给她们每人一块，而犟丫头王梅固执地不要那块小的，小晴就承诺给她一块大的美丽的石头。

哦，童年，哦，七彩石……

◀ 竹故事

他风风火火地来到小公园，老远就见她站在小石桥上。他擦了额上的汗，摒了有些喘的呼吸，才快步朝她走去。

"早来了？"他问，眼睛在她的脸上逡巡。还好，没有一丝愠色。

"也是刚到。"她轻声地回答。

多好听的声音，他觉得自己如同一根遇了高温的蜡烛，在她的声音里软起来，忘记了心事。

"随便走走吧！"她说。

他就深一脚浅一脚地跟住她高跟鞋的节奏。

他和她都是大龄青年了，他不会浪漫，家庭条件也不是很好。和她这是第几次见面了？他见了她就拘束得厉害。她其实是个文静的姑娘。

走到竹林边，他想起介绍人给他讲的谈恋爱经验，要微笑，多说话。望着园里婆娑的竹子，就露出白牙找话说："我给你讲个竹子的传说吧。"

"好。"她说。

他说：很久很久以前，有个帝王叫舜，他为治理好国家，很多年没有回过家。家里听不到他的音信，他的两个妻子娥皇和女英就出来到处找他。当她们走到湖南君山的地方，听到了她们的丈夫呕心沥血已经累死的消息。她们悲痛地大哭起来，哭得没有力气了，又扶着路旁的竹子哭。滴滴泪水打在竹子上，就成了今天有花纹的斑竹，也叫湘妃竹。

她知道这个流传了几千年的凄婉爱情故事，但还是装作第一次听到，认真地听他的讲述。他讲完了，她说："真感人。"

他被夸奖得兴奋起来，说："你也给我讲个竹的故事吧。"

她想了想，点点头。

她也讲了个老故事：三国时候，有个人叫孟宗，很小的时候他父亲就去世了，和母亲相依为命。后来母亲老了，孟宗更加孝顺。有一次，母亲病得很厉害，几天没有进食。孟宗很着急，央求母亲吃饭。母亲终于说，很想吃鲜笋做的汤。母亲想吃东西了，孟宗很高兴，但节气都快冬至了，哪里还会有新笋长出来啊。孟宗焦急在竹林里徘徊，想着卧床的老母，越想越难过，竟大声地哭了起来。或许是他的一番孝心感动了天地，突然间，眼泪滴落的地方裂开了，露出几茎鲜嫩的竹笋。孟宗破涕而笑，母亲喝了笋汤，疾病居然立刻就好了。

他听着，听着，睫毛湿润了，仰脸忍了忍，没有忍住，眼泪就大颗地掉下来。

她呆呆地望着他。他抽动着鼻子，说："我父亲也走得早。"

"我知道，介绍人说了。"

"我母亲很苍老，身体也不太好。"

"我也知道。"

"可你不知道，今天是她老人家的生日，我说在家陪她，她非要我和你约会，说我老大不小了。我是她老人家近四十岁时生的，我是家里唯一的孩子，她盼着我好，盼着我们俩能谈得来，可她今天自己在家，我说给她买个生日蛋糕，她不肯，说我结婚用钱的地方多着呢。"

他抹了下眼角，对她一个歉意的笑："让你笑话了。对不起，我回去了，是你的故事教育了我。"

她点点头，说："回去吧，多陪陪老人。"

他应了，快步地走，又回过头来挥挥手。

她看着他远去的背影，脸上露出了微笑，她忽然感觉心灵里好像打开了一扇窗子，是什么拍打着翅膀飞了出来。她就大声地喊他的名字，声音大得她自己都奇怪是她发出的吗？

暖风沙拉拉吹着竹丛，竹子又要演绎一个美丽故事……

第一辑　你好北京

第二辑

麦粒金黄

◆ 捍　卫

父亲有一个上得去台面的学名，却没谁跟他叫，村人只喊他老蔫儿。

父亲种了一辈子地，识字，却不怎么看书。

春天，我发现麦地里有偷嘴的羊，一只母羊带着两只小羔。等大羊发现我扑到它跟前，它却没有快速跑掉，反倒呆立在那儿，噼噼啪啪地哆嗦出一串羊粪蛋子。我弯腰抓住拴在羊脖子的绳拽它走，它却向后别着劲不肯走。我把绳子背在肩上，像纤夫，费了九牛二虎之力才把它们带回家中。母羊紧张地睁圆眼睛，不安地躁动，倒是两只小羊羔依然蹦跳，还快乐地咩唱。中午，父亲回来了，我忙迎上去表功：有羊跑到咱地里吃麦苗，让我给捉来了。父亲"哦"了声，细细地看了看羊，又摇摇头。我说，不管是谁家的，都要让他赔偿咱麦苗，春天的一棵麦苗，就是芒种的一捧麦粒。父亲笑笑，进屋洗了手，摸摸我齐到他胸部的头，边坐在饭桌旁，边对我说，打开院门，让羊自己回家。为什么？因为它会自己认家，不需要你送。谁说送了，我是说咱要找到这是谁家的，让他家……父亲摆摆手，顺手拿起一块玉米饼子放进嘴里，让它们走，春天难得见个青棵儿绿草，羊馋呢。我还要说什么，父亲坚定地用手指向院门，去，去打开！

一晃夏天来了，芒种三天见麦茬。等我们拿了镰刀去割北洼地的麦时，却发现靠近大嘴马叔地边的两耧麦子成了齐刷刷的麦茬儿。我顿时愤怒起来，说，肯定是马叔家割去了。父亲看看自家的两耧麦茬，又看看马叔家地里一片金黄的麦茬，说，是他家割错了，肯定是马虎子这个小混球，你马叔老庄稼把式，才不会这么没心没肺地做事。说完，父亲竟嘿嘿地笑起来。他哪里是没心没肺，我看他是存心占咱便宜。父亲说，没心没肺也好，想占便宜也罢，他都收回家了，就给他吧。不行，咱从冬到春，从春到夏，又是种子又是化肥，又是浇水又是打药，凭什么就让他收获了去？父亲说，如果他是无意的，咱何必生气，如果他是故意的，也是让贫穷闹的，你马婶身子骨一直不好，用钱的地方多呢。不说了，割麦！

父亲就是这么窝囊。母亲说，你爹跟你爷一个样。我爷怎么了？你爷年轻时打短儿，有次给同村人耧地，三伏天锄玉米地里的草。不想晚上下起了大雨，第二天一早你爷走在街上，隔着院墙听到那家人叹气，说耧地的钱白花了，雨一下草又活了，地也不喧了。你爷听罢，转身回家，让你爹把人家给的工钱送了回去。为啥退给他？我问。是啊，青纱帐里耧地多累多热，汗珠子砸脚面。你爷就这样，你爹心肠随你爷，好替别人想。

秋天去耕地，我摆好铁犁，套好毛驴，父亲还在地头照量，自言自语地说，马虎子是要弄事啊。我也去照量，马叔家的地已耕了，起码多犁过三犁来。父亲迈着步子在地头反复丈量了，最后定了位，坚定地说，给他犁回去！

　　马虎子找来，说父亲多占了他家的地，父亲勃然大怒，拍着桌子说，你个小混球，把你爹叫来，看是谁占了谁的！膀大腰圆的马虎子年轻气盛，竟蛮横地跟父亲动起手来。父亲吃了亏，鼻青脸肿的。马叔提两瓶酒来看父亲，说咱老哥俩，什么事情好商量。父亲说，怎么商量，你强占我地，没有商量。马叔说，什么多个一楼半楼的，打粮食也不靠这点儿，地里多催点肥都有了，咱老哥俩不能让这点事把感情伤了，如果不是我那儿子是个混球，你多种我几楼也无所谓。这件事先搁置，留待以后再说吧。父亲呵呵一笑，把马叔送到门口说，这件事必须搞清楚，不留后患。晚上，母亲见父亲不能平息，就劝，种地本钱大得赔钱，他愿意多种就让给他，咱这么多地，也不在乎这一点儿，只当是你每年送他两楼眼的麦子扶贫了。不！麦子可以送，但土地不能送，这是我们的根本，一分一毫都不让别人占！父亲一改平日的和善，面目狰狞成一只老虎。

　　这件事纠缠了半年多，从村里一直折腾到镇政府，最后以父亲胜利告终。"秉钧吃了吗？"自那以后，和父亲同龄的人见面打招呼，都是这样叫他的学名，再没谁喊他老蔫儿。

　　多年以后，我在广播中听到某国元首的一段讲话，译成中文大意是他们国家地大物博，但没有一寸土地是多余的，在领土问题上没有谈判的余地，只有战争，战争！我听得耳熟，想了半天，呀，和我父亲当年说过的话非常雷同，只不过更深刻和更强硬了些。我品味着，但绝不怀疑他是剽窃的，毕竟他从没来过我们村子，而我父亲的话语也不会传播多远。之所以相近，是因为他们肩上都有一份相近的责任，一个是于家庭，一个是于国家。

◀ 老马的电扇

那年，他在厂里当业务员。他出差去一座城市，从铁路托运处取出货物，朝路边扎堆的三轮车招手：去长途汽车站！

就听那边说，老马，还是你吧！

一个老者便低头朝左右讨好地笑笑，把三轮车推了过来。

他只看了老者一眼，心里便失望到极点，他太老了，叫他爷爷怕都叫年轻了。他真想说，你不去吧，我换个年轻的。他喉头滚动了几下，终于没说出口。他只是坚决地拦住老者伸向货物的手，自己麻利地把几件货物搬上三轮车。搬完，他的衣服湿透了，不是货物重，而是天气太热了。天很低沉，没一丝风。

三轮车吱吱扭扭地走起来，老者说，你坐上吧。

看看老者还算挺直的腰板，他迟疑下，抹把额头的汗水，还是坐上三轮车的一侧。

头上咕隆隆响起闷雷。

老者抬头望望天，说，怕是雨来了，前面快到我住的地方，咱去拿块塑料布，把货盖上。

他心里立刻热乎乎的，刚才的失望一扫而光。

离开大路，七弯八拐，来到一间铁皮房子前，显然，这是违章建筑，也算不上是建筑，因为它是用废油桶展开来制作的。门刚打开，雨点也噼里啪啦地落下来。老者拿出两块塑料布，严严实实地捆扎在货物上，然后说，小伙子，先进屋躲躲。

雨挟来了风，可铁皮屋里依然闷热。老者不好意思地笑笑，好像是他做错了什么，他从桌上拿起蒲扇递给他，自己找了块硬纸板，边扇边用衣袖擦拭亮闪闪的额头。

他环视了一下屋里的摆设，只有一台收音机和白炽电灯算是家用电器。问，您不吹电扇啊？

老者笑笑，我白天都在外面，晚上回来也凉快了，用不上电扇的，再说，那东西也耗电，电就是钱呢。

他的心疼了一下，目光投向外面的三轮车。车上的几件货物就是电风扇，是厂里发来的样品，是几款不同样式的电风扇，不过客户正等着看样品订货呢。

雨还没有停歇的意思，他不停地看手表，他怕赶不上最后一班汽车。老人看出了他的焦急，忙披上雨衣，也给他找了一顶草帽和一块塑料布，然后就一起冲进雨水里。

到了汽车站，老者已被雨水浸得津湿。他卸完货物，掏给老者一张钞票，说，不用找了。

老者接过钱，边慢腾腾地掏衣袋边说，讲好的价，不能多收。

他用力固执地摁住老者在衣袋里翻检的手。老者才作罢，眼里立刻多了一份在他看来很俗气的欢喜。

第二年夏天，他再次来到这座城市时，他怀里抱着一台小巧的台式电风扇，专程去找老人的铁皮房子。

铁皮房子不见了。

他又找到铁路托运处前，也没有看到老人。问路边的三轮车们，有人告诉他，老马走了。

回老家了？

不，是永远地走了。

他愣了半天，问，什么病？他是没钱治病吧？

他呀，身上早有病，年纪也大了，一个怪人，汗珠子摔八瓣儿挣来的钱，从不舍得花在自己身上，陆陆续续都捐了，捐给了贫困学生，好几十万呢。

他一下惊呆了。

后来，他从新闻里看到一个老人的事迹，他就生活在他那次去的城市，他踩了几十年三轮车，把辛辛苦苦挣来的血汗钱，都资助了贫困学生，老人的名字叫白芳礼。

他激动起来，他遇到的老者难道就是白芳礼？

又一想，"三轮车们"都喊老者"老马"的。老马，老马，是他真的姓马，还是本不姓马，是同行们看他老骥伏枥而对他的爱称？不过，他还是愿意老马不是白芳礼，老马就是老马，这样，社会上就又多出一位古道热肠的人。

多年后的一天，我去已经升任业务经理的他家里做客，看到简朴的博古架上摆放着一台样式老旧的台扇，不解地问，你为贫困地区的孩子付出那么多，还会看重一个古董似的旧电扇？老掉牙了，快换个新款的。

他一脸凝重：这不是我的，是老马的，是我买了送给他的！

◀ 修　路

　　大头当老板搞工程,一年四季待在城里,却有故乡情结,想给村里做点好事,就把从镇上到村子的土路铺成沥青路。

　　开工的那几天,村里沸腾了,过节似的。村人敦厚,心怀感激,却没谁能对大头说几句感恩的话,更甭想在路边给大头竖块捐资筑路的功德碑了。大头就像欠缺点什么,思来想去,对手下负责地说,少修一里吧。

　　少修了一里的沥青路铺成了,出行方便很多,等走到坑坑洼洼的一里土路时,把人们颠簸得很了,就说,还是公路好,大头人真好。这话传到大头耳朵里,大头很高兴,看来少修一里路是对的。

　　大头修路的事被市电视台知道了,拉着大头回村要拍个专题片。快进村了,车子停下来,前面的一里土路被碾轧得沟壑起伏。面对镜头,大头只好说,我村没修公路前,汽车在雨天是开不进来的。剩下的这一小段路没修,都怪我资金不足就匆匆开工。敏感的记者抓住这句话做文章，大力宣传大头倾囊修路的高尚。大头成了远近闻名的慈善企业家，手上的工程更多了。

大头忙工程着急上火，小病了一次，住进医院。第二天早起，病房里涌进来一群人，都是村里的乡亲，人们嘘寒问暖。大头好奇怎么得知的，乡亲们说是村里跟着大头干活儿的人打回了电话。大头心里很热乎，原来大家在不声不响地关心着自己啊。人们把带来的东西摆满了一地。二婶满是歉意地指着篮子里的土鸡蛋说，路上磕破了几个。三哥也说，我种的西瓜脆生，稍一震就炸了口儿，你要赶紧吃。大头知道，这都是被那一里土路给颠的。大头脸红了红，说等我病好了，一定尽快把那一里路修起来。三哥说，不急不急，你弄着一大摊子工程，用钱的地方多。

一年后，大头工地上发生了一起事故，造成严重工伤，伤者除了一个外地的，其余几个都是本村的。经过医疗，受伤的工人脱离了生命危险，但都留下终身残疾。那个外地工人拿着巨额的赔偿回家了，剩下来该解决本村几个人的赔付了。

大头把几个伤者和家属叫在一起，商量赔付问题。

大头说，大家跟着我风里雨里多年，现在伤成这样，我很难过。大伙说说，让我怎么补偿？

没有人说话。

大头说，外地工人给了 20 万，咱都一村的，多给 5 万！

还是没有人吭声。

大头有点沉不住气，说，那就每人再增加 5 万，再嫌少也没办法了，都知道，我这几年也没挣多少钱。

坐在轮椅上的王蛋儿说，我一分钱不要。

俺也是，一分钱不要。

以为几个人故意正话反说，大头就说，大伙儿为了咱的工程受了伤，我心里真的很难过，咱乡里乡亲的，这些钱先拿着，日后生活困难了可以随时找我。

你把大伙儿看成什么人了？不是嫌多嫌少，俺们商量了，真的不要你一分钱。你心里装着村里人，村里人也要对得起你！王蛋儿虎着一双眼睛说。

大头明白了，大伙儿是报答他给村里修路的事儿。大头眼圈子红了，说，谢谢大伙儿，钱还是都拿着，我再困难也不能困难你们，另外，我马上派人去修那一里路！

王蛋儿媳妇说，不用了，昨天下午有施工队去修路了。

大头说，那修路的钱还是我拿吧，不让村里乡亲集资。

王蛋儿媳妇说，这回你不用操心了，是政府的"公路村村通"到了咱村。

大伙儿想想，看我还能给村里干点什么呀？乡里乡亲的，再给我个机会吧！大头说完，已是泪眼婆娑。

◀ 在唐诗中割麦

　　村长老王在地里转了一圈，看到北坡上相隔不远的两块麦田开始泛黄，心里便火烧火燎。这两块地每年的收种都比别家晚，并且还都是老王费心操持，一块是五保户高奶奶的，一块是残疾人老朱的。

　　老王回到家，给在城里上班的女儿小菊打电话，让她星期天回来帮这两户人家割麦。女儿不肯，说她们旅行社最近太忙了，忙得屁股都没坐过椅子。老王说，抢收还要抢种，再忙你也要回来，不然爹就自己去收麦，累死也要去。说完不给女儿再说话的机会，啪地挂断电话。

　　一会儿，女儿打回电话说，爸，我星期天组织些人回去割麦，但您要答应我个条件。老王说，只要你回来割麦，100 个条件我都答应。

　　那好，您准备 50 把镰刀，50 顶崭新的草帽。老王说，镰刀可以去每家借，可草帽要买呀。

女儿说，您买吧，到时候我给钱。一顶草帽好几块钱呢。老王本想不答应，可想到金黄了的麦子，只有点头。

老王说，这么多人，来了吃什么？小菊说，让娘多贴几锅玉米面饼子，火候掌握到焦脆，再挑些野菜，洗净，蘸大酱就行。

星期天，老王一早来北坡等候。八点过去了，人没来。九点过去了，人还没来。

老王心里急起来，斜眼看看越来越热的太阳，往手心猛啐两口唾沫，抄起镰刀，咔咔地割起来。

这时，一辆豪华大巴车卷着黄土由远而近，停在了坡边。老王直起腰看，车门打开，下来女儿小菊。一看女儿，老王鼻子快气歪了，这是来割麦的吗？一身黑色西装套裙，扎着粉红的领结，手里还提着一个电喇叭。紧接着又下来了一大帮城里的青年，有说有笑。小菊拿着电喇叭说道：我们从小就学过"锄禾日当午，汗滴禾下土"的诗句，但却没有真正接触过农活，今天大家就亲自体验，自由组合，分成两组，一块麦田算一组，咱们来个友谊割麦比赛！

好啊。青年们沸腾起来，摩拳擦掌，你追我赶地割起麦子来。小菊没有割，依旧对着电喇叭说，唐代诗人白居易有首著名的《观刈麦》，诗中说道："田家少闲月，五月人倍忙。夜来南风起，小麦覆陇黄……"

一会儿，小菊对老王说，爹，你回去安排把中饭送来吧。老王应着，赶紧回村。看老伴正贴饼子，自己就去挑野菜，又想想来的这帮细皮嫩肉，就自作主张买来十斤五花肉炖了。

饭送到地头,麦子已经割完,小菊正领着青年们拾麦穗。老王心里高兴,大喊:开饭喽!青年们呼啦一下围上来,把玉米饼子和野菜大酱吃个精光,炖的五花肉却没谁动一筷子。

小菊又拿起电喇叭说,收完麦子的土地,接下来就会灌溉、耕种,种上玉米或大豆,三个多月后,又是一片丰收的景象……

青年们雀跃,说秋收时一定要组织我们再来哟!小菊说,好,好,大家上车吧,每个人可以拿走一把麦穗,带走你们头上的草帽,当作此次丰收一日游的纪念。

人们都上了车,小菊掏出一沓钱,递给爹。老王说,你发的工资?

小菊说,不,是给咱割麦的钱。

啥?来给咱帮忙,倒还给咱钱?

那天您打完电话我向经理请假,经理不允,我灵机一动,说咱组织个体验丰收一日游吧,既能帮忙割麦子,还可以创收。开始我还担心不会有人来,哪知广告一打出去,来交钱报名的人排成队。这钱是经理让给您,已经扣去了我们旅行社的费用。

老王眼睛眯到了一起,说,咱不收钱都可以,秋上给多多地拉几车人来吧,就不让在外面打工的回来收秋了。小菊笑笑:什么都靠个新鲜,到时候再看吧。

旅游车卷着黄土开走了。车开出很远,老王攥着钱的手还使劲挥舞,耳畔还回响着女儿吟诵的好听的唐诗和唐诗中沙沙的割麦声。

◀ 麦粒金黄
·············

一大早，保成老汉就去打扫麦场。边扫，边有过路的人问：
干啥？

保成大声回过去：晒麦！

保成细细地扫，又有人路过，问：干啥？

保成大声地回过去：晒麦！

保成心里说，又不是头发长见识短的娘们儿，问什么问。

他拿了扫帚出门时，老伴就嘟囔，说，你看如今谁家还这么
仔细地晒麦？你以为还是用镰刀割麦子的年代啊？保成不搭话，
知道说不过老伴。是的，现在的打麦场都荒芜了，碌碡也不转动了。
以前割麦怕麦粒爆在地里，都是麦粒还没十分熟就割了，现在收
麦呢，要等麦粒硬邦邦的瓷实了，请来收割机，收割机开进地里，
从这头走到那头，满地的麦子就成了麦秸和麦粒，麦粒灌进编织
袋，直接卖给面粉厂。

村里还有谁晒麦子吗？有谁还摊在场里这么仔细地晒麦子吗？

保成。保成就这么晒他的麦子。

打麦场扫净了,保成回家吃了早饭,开了农用车,先拉北洼机井地收来的麦粒,一车,二车,三车才拉完。最后拉沟西坡地上的麦粒,一车就都拉来了。保成坐在麦袋上,喘口气,掏出儿子送的防风打火机,点燃纸烟抽起来。

太阳高了,保成摸摸场地,地面没有潮气了,好像还有了些许阳光的温暖。保成先把北洼机井地产的麦粒一袋一袋地倒出来,然后用木耙推平摊薄,远远望去,他像一位厨师,在摊制一张大大的煎饼,但煎饼不是金黄色,而是土黄色,既有土地的黝黑又有阳光的鲜亮金黄,保成露在衣服外面的手臂就是这个颜色,只是岁月蚀去了肌肤的亮色。

北洼的麦晒完了,保成又晒沟西的麦。保成依旧先把麦子一袋一袋地倒出来,然后用木耙推平摊薄,远远望去,他像一位厨师,在一张大煎饼旁边又摊制了一张小煎饼。

摊完了,保成抬手,用衣袖擦额上的汗,掏出火机,点燃一根纸烟,烟雾在炎热的空气里,显得令人窒息,而保成却津津有味地连吸了几口。

一辆电动车经过,停下来,保成认出,是面粉厂的二根。二根跳下车来,从"大煎饼"上抓起一把麦子,嚯嚯,麦粒真饱满,一看就是水肥跟得紧。保成得意地嘿嘿笑,摸索出一根纸烟递过去。二根又走到那张"小煎饼"旁,说,这个差点儿,秕瘦些。保成点点头,说,今年怪呢,饱成的只上了肥浇了水,连农药都没打。秕瘦的费得心血还大,蚜虫治了几遍。二根说,晒完了卖我吧，你不用分开晒，我都给一个好价！保成一指秕瘦的，傍晚时你拉去，价格好说。二根说，那个呢？保成挠挠头皮，好半天才说，我卖给外地来收麦的。为啥呢？他给的价格不会比我给的高。不为啥，我自己的麦子自己还做不了主？

二根脸长了些，不再说话，坐上电动车，吱地一下开走了。

越来越热了，保成隔一会儿用木耙耧一耧麦粒，麦粒就上下左右地滚动，上面的到了下面，下面的又翻到了上面。保成额上亮闪闪的，但他对今天的太阳非常满意，麦晒好了啊。

午后，眯了一觉的保成又来耧动麦粒，听着声音，他知道，麦粒已经干透了，足能硌疼牙齿。他看看日头还高，就打定主意，再晒一会儿吧。

老伴跟了来，拿了簸箕，说，你个老小子，这一晒，怕要晒去百十斤的重量呢，算算，多少钱没了？

保成嘿嘿一笑，就你话多，快帮我干活，干累了，你就不像画眉鸟似的叫了。

这时，一辆农用车开来了，是籴麦的。那人微笑着说，大叔，这麦子卖吧？

老伴说，你帮着收起来，就卖。那人边抓了看边说，这个忙我会帮的。

保成却拦住，问，你的麦子卖哪里去？是哪个面粉厂？

那人说，我收了是卖大面粉厂。

保成又问，他的面粉卖哪里呢？

那人说，都卖大城市了，咱这附近不供应的。

哦，保成点点头，说，灌袋吧，卖给你。

"大煎饼"都装进了袋子。那人指着"小煎饼"，这个我也要。

保成摇摇头。那人说，我给一样的价。保成还是摇摇头。那人疑惑了，保成说，我要卖给俺村的面粉厂，我们自己也要吃面的啊。

那人笑起来，说，您把麦子换成钱，难道拿钱还买不到面粉？

保成说，卖给你的麦子饱成、不霉，还没农药，剩下的都打过农药，留下来自己吃。你问为啥？告诉你，我儿子、媳妇和孙子都在城里，我想让他们吃到放心的粮食。有毒的食品吃多了，怕他们身体顶不住。

那人更是笑起来，笑弯了腰：心意是好，未必您儿子能吃到一口啊。

城里有那么多农村人在打工，总该有人会吃到吧？种田的父母如果都把最好的粮食卖出去，他们每个人都会吃到！

那人凝重地望着保成，又望望镀满阳光的麦子，眼前一片金黄。

◀ 七星龟

城外的柳溪出产一种乌龟，叫七星龟。

柳诚走上工作岗位没多久，他就恋爱了。他爱上了同单位的夏艳。

周末，他们一同出去逛街，吃饭。天气已经凉起来，走在街上，微风徐来，舒心惬意。他俩沿着护城河走，街边的一个老者的喊叫，让夏艳又回转去。老者脚边放只竹篓，篓里估计就是老者喊卖的七星龟吧。柳诚见了老者，退后两步，愣了愣，才又站到他的跟前。

夏艳问，您这乌龟卖多少钱？老者眨着空洞的眼睛说，你给300吧。

夏艳说，便宜点，卖给我吧。老者说，便宜不了，不是你撞见，就是再多的钱也买不到的啊。老者此话不虚。七星龟，因龟壳上长有七颗红色斑点得名，它在民间验方里历来是大补。不过七星龟越来越稀少了。柳诚清楚地记得，有个乡医跟父亲说，七星龟炖川贝、莲子，连吃七只，能治他的虚寒气喘。

夏艳蹲下去，仔细看了乌龟背上的七颗红点，说，好，我买下了。说完，却朝柳诚说，行善积德，快快掏钱！

柳诚掏出钱包，从薄薄的钱币里，数出300元，递给夏艳。夏艳说，您数好，这是两张一百元一张的，一张五十一张的，其余是十元一张的……

老者用手摸索着钱币，一张一张地摸了，又一张一张揉搓出声响来，才放心地揣进衣兜，然后又在外面拍了拍。夏艳说，我送您一段吗？

老者说，不用，我路线熟，认识路的，我前面走300米，就可以坐到公交车的。说完，怕夏艳不相信似的，忙着迈开大步走起来。还真是的，从后面看，根本看不出是盲人在走路。

夏艳收回目光，说，咱俩把乌龟放生吧。

柳诚犹豫了下，他想到了父亲，脑海里浮现出父亲咳嗽的画面。但柳诚还是爽快地说，好的。

下个周末，夏艳和柳诚在街上又看到那位盲者叫卖七星龟。夏艳又让柳诚买下七星龟，然后两个人又去城外放生。

半月后，夏艳和柳诚又看到了那位盲者，老人却是在卖泥鳅。夏艳问，怎么不卖七星龟了？老人说，天气冷了，乌龟不好逮，再说逮上来的未必就是七星龟。夏艳问，您是怎么逮乌龟的？老者说，我一个瞎子怎么能逮啊，是我的一位好伙伴逮的，他负责逮，我负责卖。也亏了他，这么冷的天，他还站在齐腰深的水里。姑娘，买泥鳅吧？便宜给你。

柳诚回家去看望跛腿的父亲，父亲不停地咳嗽，停住咳嗽，就端着两个瘦削的肩膀急促地喘息。柳诚说，爸，你要吃药啊。父亲摆摆手说，这些年没少吃药，不管事儿的。柳诚说，那就吃偏方呗，我看见瞎福叔去城里卖七星龟了，他再逮到，您就买了当药引子，加川贝、莲子炖。父亲的眼睛一亮，看见你瞎子叔卖龟了？咳咳，那几只龟都是我逮的，我怕走路，就让他拿去卖，谁知竟能卖好价钱呢。我还想，既然这么好卖，在入冬前，一定再多逮几只，多攒些钱，为你能在城里早买房娶妻做点贡献。哪知，这锥子似的秋水，刺得老子又咳又喘……

柳诚惊呆了，原来他买下放生的七星龟，竟然是父亲在冰冷的溪水里捕捉的。柳诚紧紧拉住父亲，眼泪滴在父亲粗糙的手背上。父亲拍拍他的后背，好孩子，知道心疼爸爸了。

回去后，柳诚和夏艳说，我们分手吧。夏艳愣了半天，说，为什么？柳诚说卖龟的人是父亲的好友，而捕龟的是他畏寒却站到齐腰深的冷水里的父亲。而她，竟然嘴唇上下一碰，他就掏钱买下并且放生了。

夏艳的眼泪大颗大颗地流下来，好不容易止住了，才抽抽噎噎地说，我是怕有人拿假钱欺骗瞎老伯，也是怕越来越稀少的七星龟上了别人的餐桌。柳诚一听，忙搂紧了夏艳的肩膀。夏艳反倒哭得一塌糊涂起来：花你的钱心疼是吧，那我的钱呢？我的工资还不是都存着给没良心的人买房用吗？谁让我心甘情愿跟着这个一穷二白的人呢？

一对小夫妻终于住进他们首付买下的楼房时，从乡下接来他们跛脚的父亲，而父亲像孩子在伙伴们面前炫耀心仪的玩具一样，领来几个好友来看儿子的新房。其中一个盲眼的老者，来过一次后，第二次竟能自己摸索着找来，脚步稳健地爬上楼，给他们送来带着露珠的青菜。

◀ 表姐来过的夏天

老虎、黑牛和螳螂，是人人尽知的铁三角，谁都拆不散。

他们怎么凑到一起的？是因为没完成作业在一起挨罚？是某次在街头对打中结成的友谊？其实三个孩子独处时，都安静得很，就怕凑在一起，那就翻天了，惹得鸡飞狗跳猪撞墙。

马上又放暑假了，螳螂妈叹口气，还不又得疯了？

暑假就来了，果然，螳螂把书包往家里一放，就去找老虎和黑牛，每天早出晚归。

几天后的傍晚，螳螂满身泥土地回家，发现香樟树下坐着一位穿着花粉色连衣裙的小姐姐在读书。打量下，不认识，螳螂忙轻手轻脚地退出院门，去水塘边洗净了脸，把头发捋顺，才重新进来，喊声："我回来了！"

妈对螳螂说："快喊表姐。"

小姐姐站起来，个子比螳螂高半头，像一只挺拔的新荷。

螳螂疑惑地说："我怎么不认识？"

妈说："是你舅妈妹妹家的表姐，没到过乡下，特意来玩几天。"

螳螂忙到自己屋里，重新叠了乱成一团的被子，叠衣服，扫地，然后又扫院子，还给妈妈养的花浇起了水。

第二天上午，院门被咣当推开，老虎和黑牛进来了："还磨蹭什么？快走吧！"

"你们去哪儿？"表姐问。

"我们去捉鳝鱼。"

表姐露出两颗小虎牙，说；"我也去。"

螳螂立刻看到两个伙伴眼睛里闪出星星似的亮光。

螳螂妈忙阻拦："别跟野小子去疯。"

"我好奇呢。"表姐边说，边小跑着跟在了他们后面。

小泥沟里，看哪片泥水里冒气泡，就双手下去深翻，一条通体金黄布满黑褐色花纹的鳝鱼就被挖出来。表姐看了，直喊过瘾，也下到河沟学着挖起来。还别说，她还真得挖出来一条，褐黄的鳝鱼快速地扭动身体，又把表姐吓得"妈呀"一声跌坐在泥里。铁三角都哈哈大笑起来。表姐洗去裙子上的泥，站在风里，裙子很快就干了。

挖了半天，口渴了，老虎说："走，咱们过河去吃西瓜吧。"

表姐问："有卖西瓜的？"

老虎说："有种西瓜的，咱去品尝一个。"

蹚过小河沟，黑牛看一眼表姐，就一马当先地到了前头，快速从瓜地里摘了一个大西瓜回来。

"西瓜还不很熟。"表姐边吃边说。

老虎说："是他不会挑，我再去。"

老虎匍匐下腰，刚到瓜地，看瓜人追了来，边追边喊："瓜不熟就来偷，看我不告诉你们老师！"

黑牛对被追得呼呼大喘的老虎揶揄道："你多能，连生瓜都没摘到。"

老虎先瞥了眼表姐，说："就是你前面弄出的动静大了，人家听见了，才刚好看到我。"

螳螂奇怪地看着他俩，平时遇到这样的事，大家什么都不说，不争执，也不会互相抱怨，今天这是怎么了？

老虎偷偷地问螳螂："你表姐多大了？"

"比我大两岁。"

黑牛说："只比我大一岁。"

"你表姐好白呀，城里女孩子就是白。"老虎说，"明天我去你家做暑期作业吧。"

黑牛说："对，不会的，让你表姐给辅导。"

老虎白了黑牛一眼："你昨天不还说先不做，到开学的前一天再赶出来吗？"

第二天，真的都来螳螂家做作业了。平时连背心都不穿的老虎，严严实实地穿着一件白衬衫。黑牛呢，竟然还穿上了袜子，要知道他冬天都很少穿的！

三个人伏在院子里的一张桌子上，边写作业，边不时抬起头瞥一眼香樟树下读书的表姐。写了一阵，就开始聊天，表姐也坐过来,问每个人的情况,本来是问学习情况的,黑牛却突然说:"我家有一辆125摩托车,全村唯一的一辆。"老虎说:"我家五间大瓦房,去年盖的新房。"黑牛说:"我家买摩托车都是自己的钱。"老虎说:"我家盖房子借的钱早还完了,谁给我做媳妇只剩享福了。"表姐露出亮晶晶的小虎牙。

他们也问表姐一些问题:"你在读高中吗?你会读哪个大学?"

表姐点点头:"我想读武汉大学,那是盛开在樱花丛中的大学。"

黑牛说:"那我以后也读武汉大学。"

"好啊,那你就是我的小学弟了。"

老虎说:"他考不上的。"

黑牛说:"你才考不上,我一定会考上。"

老虎说:"你班上倒数第几,在家读农业大学还差不多。"

黑牛一下翻了脸:"就冲你这句话,我一定要考上!"

他俩走后,螳螂和表姐小声说:"他两个人都不可靠,还偷看过别人洗澡。"

表姐的脸红了一下,好像被偷看的是她。

第二天,老虎来了,螳螂说:"我头疼,不出去玩了。"

老虎说:"那我带表姐去看我家的房子吧。"

螳螂说:"我病了,表姐要照顾我呀,哪能出去?"

这时,黑牛也来了,手里捧着一束黄艳艳的野花,说是路上顺便采的,送给表姐。

顺便采的？哼，看他脚上鞋子的泥巴，螳螂就知道他为了采这一束花走了多远的路。

表姐这时还在屋里看书，没有出来。螳螂接过花束，说："你俩回吧，我得养病。"

两个人隔窗朝屋里望了一会儿，才慢腾腾地走出院子。螳螂咣唧一下关了大门，把花束扔给猪圈里的猪，心里说：我的表姐，轮的上你俩献殷勤？

接下来，螳螂让表姐给辅导作业，渐渐觉得学习不再是那么难了。

过了几天，表姐就被她妈接走了。

螳螂总梦见表姐两颗小虎牙和一间比他们教室大 10 倍的教室。那肯定是大学的教室，不然能是大学吗？

表姐走了，铁三角也没再聚到一起，他们都把头埋进了书堆里，因为心里都有一个相同的目标："考上武汉大学！"

他们的愿望会实现的！

别推那扇门

第三辑

石榴花开

◀ 跟着杂志去打工

二根宝贝似的手握杂志，背了行李站在城市的一条小街上，这里是自发的劳务市场。街的两边站满和他一般模样的人，他们像摆进农贸市场任由城里人挑拣的农副产品。

二根是第一次从乡下出来，是熟读了这本印有打工维权须知的杂志才壮了胆子来的。法宝一般的书啊，好比走夜路刚好遇见了手电筒，他很庆幸。

有人过来拍他单薄的肩膀："我厂里缺人，去吗？"二根看着那人的大肚子，结巴着问："你给多少钱啊？"

"你是新人，1000 元一个月，等熟练了涨到 1500"。

二根有些动心，他记起杂志里的话，问："我们有医疗保险吗？"

那人拧了眉头，上下打量二根，说："有。"

"有养老保险吗？"

"有。"

"节假日加班的话是给 300% 的工资吗？"

那人笑了，露出被茶叶水泡黑的牙："给呀。"

二根也笑了："好，我跟随你去签用工合同。"

那人说："你不是两条腿的人，是三条腿的蛤蟆吧？这么金贵！"

周围几个农民模样的都大笑起来，爽朗的笑声表明他们和二根划清了界限，不是同伙。

那人大喊一声："1000 元一个月，有去的吗？"

周围的几个人立刻围住他，远处还有闻声往这边小跑的。那人挑了三个年轻的，走了。走时还特意朝二根扭过头，鼻子很响地哼了声。

二根愣了，翻开杂志又看。是啊，文章里就是这么说的啊，我一句话也没问错啊，农民工要享受和城里职工一样的待遇啊。

过了好一会儿，又有人凑到二根面前："干建筑的活，1500元一个月，怕脏怕累吗？"

"不怕，农村出来的什么也不怕。管吃住吗？"

"管。"

"给……买保险吗？"二根嗫嚅地问。有刚才的被人奚落，底气明显不足。

"保险，什么保险？"

"医、医疗和养老保险啊。"

"咱是雇民工，不是请爹回去养着。"那人边说边抬起脚，板着脸往前走去，三五分钟就领了人折返来。

街上的人少起来，早晨和他并肩站立的人被一批一批地带走。也没听他们讲什么条件啊，就问了多少工钱、什么工作就急急跟了去，有的连什么工作好像都没问，生怕答应晚了被别人抢了机会。难道他们没有听说过农民工该有自己的权益和保障？

太阳到了正午，二根肚子响起来。二根摸了摸衣兜里不多的钱，舔舔干裂的嘴唇，咽了口口水，权当吃了中饭。二根又翻看了几页杂志，就把它顶在头上遮日头。

太阳偏了西，街上的人更少了，更是不见了来雇工的人。

二根心里急起来，额头沁出汗。肚子饿得难受，就蹲在地上。

这时，远处有个声音喊：工地上要挖土方的，一天40元……

二根慌忙站起来寻找，想立即就跟定了那声音。起得急了，那本杂志"哗"地一下掉在地上。

二根匆匆瞥了眼，跨个大步迈过去。

◀ 三个电话

一、施工队给承包商的电话

王总，您好！

什么时间来我这里喝酒啊？这几天没时间？有时间再联系？行。我们这里的特产大龙虾已经新鲜上市了，您可一定要来哟！

我也没什么事，真没事。啊？没事先挂电话啊？别，别，我还有点小事，咱的工程也结束了，合同内的我们做了，合同外的，只要业主提出来，我们也给做了，业主方很满意，您看，是不是把工程款给结了，您也知道，材料款我垫付了80%，农民工的工资都欠了大半年，怎么说也该给弟兄们开些钱了，拉家带口的都不容易。什么？您马上让财务给我们办款？那太谢谢了，遇到您这样爽快的老板真好！

二、承包商给业主方的电话

郭总您好：

我是老王啊！

对，我打电话不是为工程尾款，您给了那么多，还剩这 5%的质保金哪能催您呢？呵呵，您想什么时候给，就什么时候给，只要您对工程满意，我也就放心了！什么，非常满意？那就好，那质保金不用等合同规定的时间到期，现在就付行吗？呵呵呵呵。

今天给您打电话，是想让您认真检查一下，看还有哪里不满意，还有没有需要再完善的地方，如果各方面都满意，我可把应付给施工队的钱付出去了，不过您那儿再有什么问题，想修也困难了。好，您再检查下，这么大的工程，还能找不到一两处做工粗糙的地方？找几条出来，就够我们教育员工用，好让他们今后对质量方面更加精益求精。好的，就这样，我等着您给我发传真，您一定要盖了公章传来呀！

三、承包商给施工队的电话

老刘啊，事情是这样，我正安排财务给你汇款，郭总（业主方）就来电话了，对我发了一通脾气，骂我个狗血喷头，一个劲儿问你们专业是干什么的，之前干过这样的工程没有？

什么？你还说你们走时郭总很满意？满意个屁！那是他当时没来得及细看，真是一团糟的工程啊，我也不知道你们怎么干的。你来给维修？好啊，哪怕是要重新返一遍工的，人家已经提了一整张纸的意见，传真件就在我桌上，你随时来看。你想较真是不，好啊，业主正求之不得呢，你做工程的不是不知道，要找毛病还能没毛病？

我跟业主方再说说？我能不说吗？毕竟咱们是拴在一起的蚂蚱，我还能不替你说话？闹心啊。刚跟郭总解释了半天，他让我说得才消了气，说再观察一段时间，没新的质量问题就不用去维修了。唉，工程款的事儿你就再等等吧，做生意讲诚信讲道德，我们不差钱，也从没差过谁的钱，这回是第一次遇到这样的事，竟是你们质量原因造成的，下回一定要注意了，给你们自己造成资金周转困难不说，也让我们背一个欠人钱的名声，多不好……

◀ 石榴花开

　　肖三九做梦都没想到，自己竟然还能到人才市场搞招聘，不是做梦吧？放在十年前，真是白日作梦，想都不敢想。十年前他是谁？一个种菜的泥腿子。

　　肖三九要给自己的农家乐餐馆招聘两个漂亮的服务员，再招聘一个大厨。肖三九的餐馆开在石榴红村，这个原本贫穷而又偏远的小乡村在区街领导关怀下，在有干劲有闯劲的村委会一班人带领下，乡亲们撸起袖子加油干，把各家各户的房屋都改造成白墙黛瓦的徽派风格，加之特色种植和汉江江滩观赏，吸引了越来越多的城里人来踏青赏花。乡村旅游带动了他们村餐饮种植等相关行业的快速发展，使原本偏远落后的乡村一下脱了贫，致了富。肖三九一家率先开起了餐馆，老肖下厨，老婆负责买菜，内侄女招呼客人。看到赚钱快，村里像肖三九这样专做农家特色的餐馆雨后春笋般一下发展到了几十家，起初大家都是自家人下厨，按乡里做法，弄几个菜，让城里来观光的客人午饭时分填饱肚子就行了。可眼下随着旅游人数的增加，餐馆的增多，只局限于做农家菜已不具备竞争力了，已经有好几家餐馆请了专业厨师，还有几家去市内一流的大餐馆去学习厨艺。肖三九老伴去世了，内侄女也出嫁了，在外打工的儿子才被他招安回来开始跟他料理，客人一多，爷俩就手忙脚乱。还是觉得村干部的话在理，要使餐馆良性发展，就要软硬件上上档次。

服务员好找，招聘会上，老肖没用几分钟的时间就选定了两个模样俊秀笑容甜美的川妹子和湘妹子，选厨师却为了难，会做川菜的，不会做鲁菜，会做鄂菜的，不会做浙菜，老肖目光远大野心勃勃，他心里想着今后的石榴红是全国人民的石榴红，是全国城镇人民的农家乐后花园，厨师不会南北菜系怎么行呢？谈了几个厨师都觉不合适，老肖还不想将就。这时，一个和他年纪相仿的凑过来，说南北菜系都能拿得起，就是工资高。老肖上下打量他一遍，说，两个普通厨师的工资行不？那人一笑说，给一个半厨师的钱就行。老肖问，没有金刚钻，别揽细瓷活，你最拿手的有什么菜？那人说，佛跳墙，清蒸鲴鱼，红烧甲鱼，红烧果子狸，几乎没有不会做的菜，请我保你绝对物超所值。老肖说，好，咱先试用，只要你能烧好菜，工资好说。

那人问，您是哪家大酒店？老肖说，酒店不大，是新农村旅游景点石榴红的个体农家乐餐馆，跟我走，工作之余还能欣赏到汉江风光和农家美景，空气好，负氧离子多，一日三餐都是绿色食品。

那人呵呵一笑，再好也是乡村啊。

老肖说，厨师和厨师不一样，乡村和乡村也不一样啊。咱那乡村是全国文明村，是全国生态文化村，国家 3A 级景区，无论你哪个季节去，都让你流连忘返：春桃，夏榴，秋桂，冬梅，四季有花，四季有果，四季可游。人一辈子的追求是什么？对，福禄寿喜财，如今人们腰包里都鼓胀得很，到乡村一走，心旷神怡：俺那冬梅园主题是福文化，丹桂折枝表达的是禄文化，八仙桃源体现寿文化，石榴红村火红的石榴花呈现的是喜文化，你到我那里去了，就是人在福中了！

真的这么好？那我跟你去！

厨师果然身手不凡，光是炒菜时厨房里飘散出的香味都能拉住想迈进别人家餐馆的一批批客人。第一个月下来，赚得盆满钵满的老肖非要给厨师老王双倍工资，老王并不见钱眼开，说咱怎么谈的怎么给就行。老肖说，你这么好的手艺在哪里学的？老王说，算是自学吧，我以前在一个政府机关小食堂工作，被精简下来的。老肖的笑凝在脸上，点点头。

儿子每天去吴家山农贸市场买生禽活虾，回来就躺在床上摆弄手机。老肖看在眼里急在心上：你也不小了，做完了事就知道玩，也不谈个朋友，咱家缺知根知底的帮手呢，看咱店里这两个妹子谁合适，咱留下谁当老板娘。小肖眼睛盯在手机屏幕上都没抬，撇撇嘴说，别小瞧了你儿子，我不会找打工妹。那你想找什么样的？老肖问儿子。我怎么也得找个汉口的城市姑娘伢。老肖对儿子一挑大拇指，说，是我儿子，有志气！夜里老肖睡不着了，是的，农村变好了，生活富裕了，说什么儿子也要找个汉口的媳妇来。

当年，年轻的肖三九跟邻村的农业技术员宋淑香好，只差没有表白了，后来却突然没有了宋淑香的消息。再后来听说她嫁到了汉口。肖三九苦闷了很长一段时间才豁达，不怪人家绝情，农村脏乱穷差，人都往高处走，去汉口随便找个上班的就比咱种田的强，如果他是女的，也早走了。再后来听说宋淑香是嫁给了一个单位食堂里配菜的黄毛小子，肖三九心里又愤愤了很长时间，只要谁在他面前提到厨子，就如同提到饭菜上的苍蝇。

生意一天比一天红火，老肖心情一天比一天舒畅。这天，厨师老王要请两天假回家。老肖一听，就有些着急地说，你才来几天就想家？老王说，都一个半月了。老肖半开玩笑地说，咱都这个年纪了，还想老婆啊？老王不好意思地笑笑，时间长了，总得见个面说个话吧，不是看咱生意红火走不脱，我早就请假了。老肖说，家里还有什么人啊？老王说，儿子在广州，家里只剩老伴了。还上班吗？没有。老肖说，那你别回去了，打个电话让她来，在咱厨房里择个菜什么的，不但有工资，你们两个人还可以整天待在一起，怎么样？这个岁数的人在这么好的乡村环境里多活个十年八年的，好玩似的，你和你老伴商量一下。老王眼睛一亮，说，不用商量，肯定同意，她老家就是这附近村的人。

附近村的？叫什么，看我认识不？

宋淑香！

老肖打个激灵。

宋淑香来了，和老肖打过照面，老肖差点没认出来。时光能让一个食堂配菜的小子成为手艺一流的大厨，也能让窈窕少女变成面宽体胖的大妈。

院子里只有两个人的时候，老肖对宋淑香说，咱又见面了。

宋淑香说，是啊，不过是我来给你打工。

老肖说，说这个干什么。

宋淑香说，事实嘛。

老肖说，是你们来帮我，餐馆赚钱全靠你们。又压低声音说，男人都小心眼，你可别让你那口子知道咱俩年轻时就认识。

淑香笑了，露出依然整齐好看的牙齿。

老肖叹口气，说，怪我没有及时跟你表白。当时不是家里穷，早就跟你说娶你的话。

淑香说，不是这又穷又偏的地方，我也不会同意家里给介绍汉口的对象。

老肖说，天下没有后悔的药，不过我看你家这人还不错。

淑香说，是不错呢。他来你这没几天，电话里跟我说在肖三九家餐馆做事，我就告诉了他，年轻时跟你是好朋友。

啊？他怎么说？老肖张大嘴。

淑香说，没说什么，我还告诉他，当年我们彼此连手都没拉过。

是呢，当时没觉得，过后才后悔，年轻时咋就那么傻呢。

傻就傻吧，都过去了，以后看孩子们幸福自由美满就行了，你看你儿子和他女朋友多般配。

老肖说，我儿子有女朋友了？怎么会？我还不知道，你才来，能知道？他小子整天抱个手机比爹还亲，什么也顾不上。

淑香说，你不知道的我未必不知道，他抱手机就是谈朋友呢，现在孩子们都用微信聊天呢。

老肖说，我儿子每天起早去吴家山农贸市场买菜，然后再回餐馆打理，始终没有离开我的视线，有情况我早就知道了。

淑香说，他去买菜怎么去啊？

起先是每天早上搭第一班97路公交车去，现在为节省时间不是给他买了辆微面开嘛。

淑香说，他搭公交车时你跟着了吗？

没有。

就是了。他坐第一班公交车出去，回来时不管早晚，还非要再坐这辆车回来。

你是说……

是的，他跟那个长睫毛俩酒窝的女司机好上了。

哎呀，你一说我知道是谁了，我也坐过她的车，那闺女可漂亮哩，身材好，家还是汉口的，她会和我那土头土脑的儿子谈朋友？

怎么不会？要多般配有多般配。

我儿子跟你说的？

淑香摇摇头。

那你怎么知道的？偶尔看他俩在公交车上说两句话，那可不是谈恋爱，那就不能瞎说的，别坏了人家姑娘的名誉。

淑香说，我没瞎说，你等着抱孙子就行了。

老肖说，你可急死我了，快告诉我怎么回事。

淑香见老肖头上真的冒了汗，就说，好好，我告诉你，那丫头上个星期天把你儿子都带到她家里去了的，七姑八姨看了都没意见，她婶婶也看了的，她叔叔就是你请来的厨师，你说，这情报能有假？

哈哈，有这么巧的事，咱还是亲戚了？这小子，唯独瞒着亲爹一人，也难怪，自从他妈没有了，我们爷俩交流得少。

香淑说，你也不老，该再找一个。

老肖挠挠头，说，我找谁？一般人我还看不上，你那口子身体还那么硬朗，看你本人也没离婚的打算。

淑香轻轻地打他一下，嗔责道，贫嘴。厨房里这时传来几声咳嗽。淑香笑着朝肖三九挤挤眼，肖三九站起来说，你去厨房和他说话吧，我去街上转转。

老肖出了门，望着路边石榴树的枝头，石榴花就要开了，会点点地火红。到时候，一定要摘一朵最大最艳的石榴花，趁老王不注意的时候，要亲手给淑香戴在头上，真不是有什么想法，只是要弥补一下年轻时没拉手的遗憾。城乡没有差别了，而时光不能倒流。

◀ 丰 年

　　草莓开花了，星星般地绽放在绿色的枝叶上。陈走火和老伴
兴奋得夜里有些睡不好了。看着草莓长势胜过往年，夫妻二人乐
得捋不住嘴，怎么盘算，今年怎么是个丰年。

　　他的草莓从一上市就搞游客采摘，大量成熟后销往本地市场，
年年如此。不过自打去年儿子帮他开拓了网络销售后，一打绿色
种植的招牌，价格上提升了不少，还通过快运卖到了北京上海广
州等城市。今年儿子在网上又给联系了几个新客户，去年的回头
客又早早地找来下订单，这样的发展趋势，今年行情能不看涨吗？
收入能不增加吗？往年有游客问，每亩草莓收入多少啊？他会敷
衍地说，不多不多，辛辛苦苦的，才一万多点儿。别人就咋舌，
那你五亩草莓不就五万多？老陈连连点头，差不多，差不多。问
的人赞叹着走远了，老陈才用鼻子哼一声，差不多，差多少？差
得多呢，差一半呢，我是保守地说，每亩其实是收入两万多呢，
五亩地的草莓，该是多少？傻子不用数手指都知道的。

陈走火沾了种植草莓的光，用种草莓的收入养大了两个儿女，供他们读完大学，还把低矮的房子翻修成敞亮的三层楼房。生活富裕了，只感谢草莓吗？怎么种上草莓的？陈走火心知肚明，最要感谢的是村委会的领导们，是他们引导大伙从单一种粮种菜发展到种经济作物，还是那么多的地，可装入腰包的票子就不一样多了。为什么咱石榴红的草莓比别处价格高还卖得好？就因为是绿色种植，生态种植，村委会还给蔬菜注册了"慈惠"牌商标，给草莓注册了"石榴红"商标。所以，陈走火在种植草莓上一直坚持施用农家肥、饼肥和磷肥，不打剧毒农药和使用膨大剂一类的生长激素，绝不因为贪图利润而砸了绿色种植的牌子。

　　草莓花谢去，花蒂处长出一枚一枚的小绿果子，远远望去，似繁星闪烁。夫妻俩更是莫名地兴奋起来，老伴说，城里人今年来大棚里采摘呀，咱一定给配一盆干净的水，让他们洗干净了再品尝。陈走火说，你终于也改变了，每年只怕客人免费尝多了，不肯给人家水洗。老伴黑红的脸上挂着笑意说，有了钱，才有觉悟。老陈说，嗯，一定买几个新盆子，城里人讲究。老伴说，咱再在大棚前扯条大红的横幅，让文化站的秀才给咱编句顺口的广告语印在上面，要打老远就能看到。陈走火说，多印，印十几幅，每个路口挂，顺着横幅就能找到咱的大棚里来。

　　两个人越是盘算得好，越是盼着草莓快些长大成熟，可草莓却好像跟他们作对，没有往年长得快似的。老伴说，是不是慢呢？老陈说，我也觉得是，今年气温好像比往年低，天冷不爱长。老伴说，我看了陈佑清家的，人家的不慢。老陈瞥眼老伴，你呀，真的孩子是自己的好，庄稼是别人的好。老伴说，真的呢，肖运六家的也大。老陈说，慢点就慢点吧，总会长大的。老伴说，慢不怕，我担心个头小不好卖呢。老陈说，不会小，是你着急。老伴小声说，到了变钱的季节，能不急？要不，咱用点膨大剂吧。老陈一向对老伴柔风细雨，一听这话，却粗着喉咙说，你想砸"石榴红"商标的牌子啊？你想往咱绿色农业生态种植上抹黑呀？老伴说，理论归理论，可草莓不爱长是事实啊，别人家搞不好早就用了呢。老陈说，别瞎猜，谁用谁砸自己的牌子，个头大了，分量重了，可味道就变了。老伴还想说点啥，看老陈阴沉的脸，就咽了回去。

区农林局搞农技培训，村里组织种植户们去吴家山听专家讲课。老陈起早上去的，夜晚才回来。第二天一早，老陈来到大棚，一天没见，草莓个头好像突然大了好多。老陈高兴地跟老伴说，你总说不长，看，说长这个头就起来了吧。老伴朝老陈笑笑，没说话。老陈高兴地说，每天总看就觉得慢。照这样的长势，不出10天，果子就红了。老伴说，你也盼着采摘的那天啊？也不想点儿办法，就干瞪着眼盼啊？

没过几天，草莓真的有些许红了，老陈跟老伴说要去吴家山印横幅，老陈先去文化站找小张，让他给编广告词，小张说，印横幅的事你也交给我吧，我表哥在吴家山开了店，专做这个，让他给你优惠价。老陈连声说好好，免得白跑一趟。老陈哼着小曲没回家就直接去了大棚，老陈一下惊呆了：老伴正指挥着她娘家的两个侄子给草莓喷药！

老陈三步两步跑过去，一把拦下，问，打的什么药？你想毒死人啊？

老伴慌了，一向利落的嘴皮子竟结巴起来：你，怎么又回来了？这不、不是农药，是、是喷点、膨、膨大剂。

这么说上次我去学习你就偷着用了的？我还纳闷怎么突然长快了呢。

老伴说，咱打点儿吧，不然，不然今年的、果儿太小，没看相，就、就不好卖。

老陈勃然大怒：像你这样有看相，还是绿色食品吗？

老伴也不示弱起来：你一个人坚持有什么用，谁不为着钱转？油是地沟油，米是转基因，单单你一个草莓绿色了，就能健康？

你是越老越混账了！老陈边说边顺手抄起一把铁锨，奋力地朝草莓铲去，嚓！嚓！嚓！一大片草莓秧顷刻倒地，上面红晕了的草莓如可怜巴巴的眼睛。老伴抱住老陈的胳膊，拖着哭声说，你先铲我吧，我不活了！

老陈吼道，铲完这些毒草莓，我再铲你！

采摘的季节到了，别人家大棚前人来人往，好不热闹。老陈的大棚里光秃秃的，没有了一棵草莓秧子。邻居们惋惜着，你可是五亩草莓呀，没了一分钱的收入！老伴泪眼婆娑着，老陈依旧朗声地笑，丰年，还是丰年！

老陈让儿子在网上和预定草莓的客户解释：遗憾，今年草莓出了点问题，不能卖给你们了，明年再说吧。客户们忙追问，不会是卖给出价更高的了吧？只要货好，价格好说。老陈让儿子发去几张铲得一片狼藉的草莓园照片。客户发来一连串惊叹，问为什么？老陈只好说是误用了膨大剂，全部铲除了。客户说，用点生长激素也正常，何必认真呢。老陈正色道，别处用可以，我这里不行，我这是石榴红村，是绿色水果蔬菜基地，我们绝不做砸自己牌子的事！

客户发来一串的赞：好人，都像你这样，食品就安全了！我记住了你，记住了石榴红村，明年你们的草莓我全包了，价格由你开！

◀ 半场电影

二黑最大的遗憾，是三十多年前给石榴红村只放了半场电影。

当年二黑是慈惠农场的电影放映员，隔三岔五骑着自行车驮着胶片放映机和拷贝到处跑。这天，二黑接到石榴红村放映的通知。通知刚接到，就下起了瓢泼大雨，直到下班前雨才停歇。领导问他还能去不？二黑有个犟脾气，听领导这样问，一边看院子里的积水，一边点头说，没问题。

虽然嘴上答应着，二黑心里也在盘算，二十几里路呢，要早些走。二黑饭都没吃就上了路。天黑前，终于到了石榴红，二黑成了泥猴子。那时从慈惠场部到石榴红的路都是石子路，大雨过后，路上不是水，就是泥，泥巴糊满前后车轱辘，自行车不但不能骑，遇到大沟大坎，还要上肩膀，好在二黑年轻，有的是力气。

还没进村，就见村口黑压压的人群往这边张望。接着有人喊，来了，来了！十几个人跑过来，一边向二黑说辛苦，一边接过二黑的自行车。

二黑望着热情的乡亲们，顾不上喘口气，在村民们的帮助下挂起幕布，接好电源，安装好放映机。忙完这一切，天也黑透了。

胶片机哒哒地转起来，一束光投到银幕上，蚊子在光束里环绕翻飞，像极了萤火虫。二黑才用衣袖擦了把脸，四下望望，石榴红本村当时只500多人，看电影的怕是超了1000人。听说要放映新电影《小花》，周边村子的人早都赶了来。

一个人弓着腰凑到跟前，贴到他耳朵上小声说，晚上甭回去了，住下来。二黑一看，是大姑家表哥小向。精疲力竭的二黑朝表哥露一下牙，好。表哥脸上也露出笑容。有这么个放映员的表弟，表哥在村里就能像大队书记一样挺着胸走路，因为放映员的表哥总能在第一时间把哪天会来放映，会放什么电影的消息提前传达给乡亲们。

小花一曲"妹妹找哥泪花流"还没唱完，电影戛然停止，一片漆黑。停电了。乡村里停电是家常便饭，说停就停。

等等吧，先别散。大队书记凑过来，笑着递给二黑根烟。二黑那时还不抽烟的。犹豫间，大队书记硬是把烟递到他手上，随后刺啦一下划燃火柴，举到二黑鼻子前。二黑只有点了烟，轻吸一口，咳嗽两声。

半个小时过去了，电没来，人没散，但开始骂街，骂供电局偏在这个时候停电。一个小时过去了，依然没有来电。外村的人们开始散去，一边走一边回头，希望在回头间能够奇迹出现，满目灯火。二黑看看手表，已经快11点了，本村的乡亲们都还在坚守。黑暗里，二黑听到噼噼啪啪的拍蚊子声。有孩子喊妈，说又咬出了包，好痒。妈说，再等等，来了电就不痒了。二黑过意不去了，说，天不早了，咱都散了吧，今天我不走，明天一早，咱都到大队部，遮黑窗户一批一批地放了看。

乡亲们得到这样的许诺，才散去。

第二天快到中午了，也没来电。二黑不得不遗憾地和乡亲们再见，这是他最后一次放映了，几天前他接到了高考录取通知，他要去忙他上大学的事情了。

半场电影让二黑一直耿耿于怀，乡亲们黑夜里渴望的眼神让他不得安宁。退了休的二黑，一定要偿还这笔心底的债。

二黑首先在电话里跟石榴红的表哥说了这件事。表哥说，别来了，现在村里人业余文化可丰富了，不再像以前那么稀罕电影。二黑郑重地说，欠债要还，不然在我心里总是病啊，夜里总梦见你们围着我和放映机嚷嚷，睡不好。表哥良久才说，你要来就来吧，只要能去你的病。

二黑找到区电影队，说明情况，要自掏腰包请电影队去石榴红放映。领导说，算我们支农吧。二黑说，那就连放两部，我一定付钱！

二黑和放映员来到石榴红，早已认不出眼前的景色。这还是石榴红吗？新修的街道整齐平坦，改建的楼舍徽韵古香，健身广场上矗立着一座飞檐斗拱的大戏台，来迎接他的表哥已是满头白发，成了老向。老向指着戏台说，隔三岔五都有明星们来演出，本市的，全国的都有，俄罗斯的美女们也来给乡亲们表演过舞蹈呢。你知道那英不？她都来过这里给咱献唱。二黑可顾不上听这些，说，快召集乡亲们来，我准备放映了！

老向到村委会，让村干部在喇叭里广播了。可是没有几个人坐到二黑的银幕前。二黑对表哥说，你一定要多请乡亲来，我欠乡亲们半部电影，我是来还债的，今天带了两部片子来，利滚利地来偿还。老向挠着头团团转，说可能是喇叭喊的声音让各处跳广场舞的音乐遮住了，没多少人能听见，我再去各家催催。二黑说，我跟你一起去。

走到村头第一家，老向拍拍门，朝里喊，去看电影吧，三十年前的放映员又来放电影了！里面说，不去了，有线电视多少频道啊，想看什么没有？想坐就坐着看，坐累了就躺着看。二黑忙接上说，电影和电视视觉效果上有本质的区别。里面说，不去了，如果来的是武汉歌舞团的演出，才去！

又敲第二家的门，里面问谁呀？老向说，去看电影吧，我表弟来义务放映。里面出来个小伙子，有些羞赧地对老向笑着说，真抱歉，我还要去村活动室打台球呢，都约好了的。

转到第三家，怎么敲门也不见人出来，倒是把隔壁惊动了。隔壁的出来说，他家三口人下午就开车走了，说去琴台大剧院看音乐剧，很晚才回来。

老向叹口气，对二黑说，要不你回去算了，现在真不比以前了，人们业余生活丰富着呢。

二黑说，半场电影，是压在我心头三十多年的心事啊，每每想起来，就对不住乡亲。

老向说，乡亲没改，可生活水平变了。

二黑说，要不再等等，说不好一会儿人就都来了。

回到放映机前，除了几个和表哥年纪相当的老人，再就是五六个孩子围在四周疯跑打闹。几个老人都是记得二黑的，这个一句那个一语地问二黑，对他这些年去哪了干什么比今晚放什么影片更感兴趣。

二黑急起来：八点半了，这么几个人，是放还是不放？

老向见二黑又看手表，就说，你等着，我再去转转。

这回终于有了效果，功夫不大，从跳广场舞的那边跟着老向来了五六十个妇女，叽叽喳喳地边走边说。二黑很激动，等这些人站到数字放映机后面，二黑拿起麦克风做简短发言，再次说自己是来还债的，是某年某月某日欠下石榴红半场电影。二黑说完了，人们并没有什么反应。这么多年过去了，除了二黑，真的有谁记得那半场电影吗？

电影播放中，不时有人悄不声地离去。老向凑过来说，人们明天都要早起，要不你还是只放一部吧。二黑看看渐稀的人群，就点了头。老向说，放完了，你还是住在家里，让放映员自己开车回吧。二黑说，好。

电影放完了，人们静悄悄地散去，没有二黑记忆中散场后的沸腾和不舍。

"今天人虽然少点，但总体是圆满的。"二黑和表哥心满意足地说完，躺倒在床，工夫不大就呼呼地响起了香甜的鼾声。老向走到自己的卧室，老伴问，你够神通广大的，怎么就说动了那么多人去看电影呢？老向叹口气，哪有人肯来？今天在那里跳广场舞的大多是在附近餐馆和种植大棚里打工的外地人，我骗她们说放电影的是上面派来的，有政治任务要完成，我许诺她们谁去看，每人给50元的辛苦费。

那二黑会给？

嘘！别让表弟听见。我理解他，他是好心，咱现在富裕了，花几个钱，帮他了却一桩几十年的心病，不也是做件好事？

第四辑

如玉核桃

◀ 墨 魁
....

    平舒城自古翰墨飘香，丹青流彩。不说文人雅士，就连杀猪的屠户都能提笔写一手好字，拿针的绣娘也能画活了蝶鸟鱼虫，足见此地艺术渊源深厚久远。

    牛二洪是县衙皂隶，读过私塾，见赵知县素日喜欢写字，遂也生出临帖的念头。牛二洪提了一坛大城烧酒，几斤卤驴肉，去拜访县内首屈一指的书家严真。严真自幼酷爱书法，爱到一意孤行，褒慢了四书耽误下功名，在城内开了一家聚宝斋，以卖字装裱糊口。寒暄过后，牛二洪毕恭毕敬口称老师，从怀里掏出自己写的字，双手呈给严真指教。严真见有可圈点之处，不忍假话搪塞，就敞开心扉，一一评点，直说得牛二洪频频点头，抱拳拱手：多谢老师！严真说，互相切磋，不敢为师。牛二洪起身告辞时，严真一定要牛二洪提走烧酒驴肉。牛二洪说，承严老师启蒙，我茅塞顿开，这点东西何足挂齿？严真说，君子之交淡如水。牛二洪把酒坛往桌上重重一放，提来了怎好拿回，还是借贵府宝地你我痛饮！说着，砰的一下把酒坛开了封。严真也不好再说什么。推杯换盏，酒至酣处，严真又作深层指点。牛二洪说，严兄比我也大不了几岁，我愿与兄结金兰之好。严真连连摆手，金兰之好乃生死之交，你我仅凭半晚的谈帖论字就结拜，岂不草率？平时飞扬跋扈的牛二洪一听这话，眉间拧起了不容察觉的疙瘩。严真从书架上拿下两册古帖，送他拿回临摹。

牛二洪也算勤奋，缉捕办案之余，不是读帖，就是练字，再就是往聚宝斋跑，二人熟络了，牛二洪说话就大咧起来，严真见他日渐长进，也乐得一针见血地为他指点迷津。功夫不负有心人，几年过去，牛二洪在平舒城内声名大噪。赵知县惜才爱才，擢升他当了三班衙役的头儿。牛二洪练字更加勤奋，不管闲忙，每天都写一小坛水墨。常有新开张的小门店请他题写匾额，商户精明，字好是一方面，同时也能震慑地痞混混儿。

赵知县任满，又来了孙知县。不想孙知县更爱书法，他见平舒城内墨香浓郁，就决定每年在文庙举办一次书法大会，褒奖夺头魁者。第一年比赛结束，严真获得第一，牛二洪获得第九。

第二年比赛，牛二洪获得第三，第一名依然是严真。

牛二洪照例在翠芳园酒楼宴请评委。牛二洪边倒酒边说，承蒙各位关照，不过关照得还是不到位啊，才是第三。水酒下肚，有人借酒盖脸说，用不了多久您就会是全县第一了，不过眼下俺们也不能太昧良心，要说字好，还是严真，毕竟是几十年的功力，那才是神韵天成呐。

牛二洪邀严真小酌，酒至酣处，牛二洪说，严兄啊，你都几次第一了，啥时让我也过回第一的瘾？严真淡淡一笑，快了，你再练个十年应该可以。牛二洪哈哈大笑，老严啊，下次我就想得第一，到时候你得承让。严真说，涂鸦比赛如小儿游戏，谁伯谁仲一笑了之，让你无妨。只是一点，书法盛会虽是县内人士参加，却会吸引来邻州邻县的众多雅士观摩，如果夺头魁者水平太低，恐我县遭人贻笑。学无止境，兄台还是多在挥墨上下功夫吧。

时间不长，牛二洪接到甲保报案，严真家邻居被盗。牛二洪一听，喜上眉梢，安排手下火速办理，挨家盘查，果然就在严真院子角落发现一包细软，严真被押监收审。经过一天的审讯，从没受过皮肉之苦的严真承认是他见财起意。牛二洪把卷宗呈到堂上，孙知县看完，疑惑地说，严真我见过的，手无缚鸡之力，还能翻墙盗洞？牛二洪说，人不可貌相，我也很难过，毕竟算是我老师。孙知县爱惜他是人才，有意从轻发落，便说，即使是他所为，也是贫困所迫一时财迷心窍。牛二洪一听这话，忙掏出几张纸递上：我们还从他书房内搜出了"万民请愿书"的草稿。孙知县一听，顿时勃然大怒。去年治内河道泛滥，孙知县按全县人丁数摊派治河银两，却遭到贫苦人家抵制，还有人到州府上书告状，说县衙横征暴敛，中饱私囊。孙知县接过请愿书看了看，愤愤地扔到地上。

一根夹棍，夹断了严真的双手。严真再不能拿笔。

转年，文庙的书法大会如期举行，书界人士齐聚一堂，唯独少了严真和去年的第二名。比赛开始，牛二洪并不急着动笔，待众人停笔后，才在几个皂隶的陪伴下，先是屏气凝神，后又虚张声势地双手在胸前划了太极阴阳，这才睁了眼睛提毫蘸墨，下笔疾书。搁笔钤印，赢得一片聒噪。

牛二洪一脸得意，志在必得。

此时，会场又走进一人，全场顿时鸦雀无声。只见此人微正衣冠，席地而坐，铺开一张生宣，挽起右腿裤管，脱掉鞋子，脚趾如钳，夹住一只狼毫，在砚池里饱蘸浓墨，一挥而就，几个苍劲洒脱不瘟不火的大字如磁石般吸住众人眼球：人心足恃，天道好还。众人凝视许久，才一片哗然：好书法！

人们说，平舒城内有严真，别人的书法就永远不是第一。

▶ 红乳汁
·················

一个馒头朝狗扔去，狗便没了声息。两个黑影贴到亮灯的窗前。

麻油灯下，一位二十多岁的村妇在地上来回走着，手有节奏地拍哄怀里的婴儿，婴儿肩头一抽一抽的，像是受了委屈刚睡着。窄窄的破床上，还酣睡着一个婴儿。

黑影朝黑影点点头，情报不假。

黑影甲一挥手，进去抱孩子！

黑影乙忙拉住他，再看看，看哪个是红军的，哪个是她自己的。

怎么看？几个月大的孩子都像一个模子刻出来的。

拿枪一问，就明白了。再不行，一顿拷打，还怕她不招？

不那么简单，这一带的人，都红到了骨头，搞不好她会把自己的孩子说成红军的让你抱走，小心别让她糊弄了。

黑影甲点点头，他在心里猜想，母子连心，她怀抱的肯定是自己的骨肉。

这时，床上的婴儿动了动，小手从被子里伸出来，手在空中乱抓。村妇见了，忙放下怀中的一个，凑过来轻轻说，我的好宝宝，你也饿了？放下怀里的，又把这个抱起来。

黑影甲疑惑了，嘴巴对在黑影乙耳朵上，看来刚才她抱的是红军的孩子。

黑影乙点点头，此地民风淳朴，别人托付的事，只要应承了，就会看得比自己的生命还重要。

村妇把干瘦的奶头放进孩子嘴里，孩子干吸了几口，吐出来，小嘴一撇一撇地要哭起来，村妇忙把孩子搂紧，轻轻地拍哄，哼起眠歌儿：二牛牛，不哭啊，天亮你妈就来接你……

黑影们这回总算看准了，这个才是红军的孩子，刚才抱的就是她自己的孩子。本来嘛，哪个当妈的会总抱着别人的孩子，让自己的孩子躺着？不过看村妇对两个孩子爱惜的样子，还真看不出亲疏远近。

只听屋里村妇叹口气，朝自己胸脯"啪"地一拍，唉，这两个不争气的东西，咋就不多产点儿奶水呢？

黑影乙骂一句，娘的，没本事捉到红军，却让咱干这种缺德的事儿，吃奶的孩子知道个啥？还说斩什么草除什么根？

黑影甲说，咱是任务，不完成可咋办？

黑影乙叹口气，要不咱回去，就说情报是假的，村里压根儿就没有红军的孩子？

说话间，孩子大哭起来。

另一个孩子被吵醒，也扯着嗓子加入进来。

另一间屋子亮起了灯光，一个老妪抱着一个稍大些的孩子走过来。老妪说，咋好让人家的孩子哭呢？村妇说，饿了，他吸不出奶。老妪对村妇说，俊英，你也哄哄咱自己的孩子吧，这几天他净吃米糊糊了。

村妇簌簌地落下泪来，娘，实在没奶了，他俩也都没吃饱。

老妪看看村妇瘪垂的乳房说，若是能有钱买只猪蹄子熬锅汤，奶水一定足起来。

村妇接过孩子，去亲吻孩子蜡黄的小脸。而孩子却迫不及待地在怀里寻找，捉住奶头猛吸。村妇"哎呀"一声，疼得眉心里拧出个"川"字来。

老妪说，再过两天，等给红军送粮的爱贞两口子回来，把他家猛子接走，剩下两个就好带了。

村妇点点头，眉却皱得更紧了。这时孩子大口大口地吮吸起来，竟咕嘟咕嘟吞咽着。村妇忍住疼痛奇怪地拔出奶头，一股红色液体汩汩地流出来，一滴，两滴，殷红地打在孩子的脸上。

屋外的两个黑影看呆了，一个用手背抹下眼，扭转头去。另一个也撩起衣袖。

走吧？一个碰一下另一个。

另一个点点头。

走出几步，一个说，等一下。

你他妈的想干什么？　另一个恶声质问道。

被骂得没说话，咬咬牙，从贴身衣袋里掏出几枚银圆，叮当地放在窗台上。

谁呀？屋里听见了动静。

快跑！两道黑影一前一后飞快地消失在黑暗里。

◀ 如玉的核桃

金老太有一对核桃，与爱情有关。

金老太当姑娘时叫如玉，如玉正在家中做针线，李小疤来了，先是傻笑，笑完了掏出双胞胎似的两个麻核桃。麻核桃本地不出产，算是稀罕东西。李小疤说，这是我前几天跟东家去口外，特意给你捎来的。

如玉瞥了眼，淡淡地说，你自己留着吧。李小疤说，这是我的一片心意。

如玉说，我凭啥要你的一片心意？李小疤嘿嘿地笑，你这么灵透还不明白啊。

如玉不是不明白，是不喜欢他。如玉拉长了脸说，拿走。李小疤说，你留个念想吧，我报名参了军，明天就走，去解放全中国！说完，红着脸快步跑了。

如玉想，权且放着，等他回来退还，免得现在分他的心。

全国解放了，李小疤却没回来。有人说他牺牲了，也有人说他当了逃兵。李小疤的老娘就哭瞎了眼。如玉看看两个核桃，叹口气，去一日三餐地照顾他老娘。李小疤老娘辞了世，如玉也成了老姑娘。自从如玉走进李小疤家的门，风言风语就铺天盖地，如今他老娘没了，也不见有人给如玉提亲。

后来，如玉还是嫁了人，嫁给在公社食堂做饭的金瘸腿儿。

金瘸腿儿闲下来的时候问，你和李小疤怎么一回子事啊？如玉眼一瞪：俺跟了你，俺是什么样的人你不知道？金瘸腿儿点点头又摇摇头，我只是好奇那些闲言碎语。

核桃，都是因为核桃。如玉把来龙去脉讲了一遍。

金瘸腿儿说，你心里还是有他，不然还留着核桃干什么，你把它一砸，不就完了吗？

如玉说，我不喜欢他，才不接受他东西，半路上俺砸了算个什么事？等他回来，退还给他。

不是说死了吗？

死了怎么不给个烈士呢？如玉对着两个核桃说。岁月把核桃磨成老红。

光阴慢慢流走，李小疤依然没有音信，而金瘸腿儿已老得中了风。医生说这样的病要多活动，于是老成金老太的如玉白天架着他出去走，回家就让老金在手里转核桃，活动经络。

后来金瘸腿儿没了，金老太带着一对红亮的核桃被儿子接进城。走时和邻里们说，如果李小疤回来了，一定给我打电话。邻里笑笑，金老太真是执拗。

后来，金老太得了眼疾，每天坐在床头，在黑暗里转动两个核桃。

李小疤真的没死，当年是被俘去了台湾。想家的老李小疤，辗转着回乡探亲。金老太得知了消息，就让儿子送她回乡。

儿子推三阻四，最后还是送金老太去了。进到村里才知道，回到家乡的老李小疤竟在睡梦中辞世了。来料理后事的李小疤儿子还没有走，接待了金老太。金老太叹口气，掏出两个核桃说，带我去你爹坟上，了个心愿。李小疤儿子的眼睛放起光来，说，您把核桃给我吧。

金老太说，老一辈子的事，和你无关。

小疤儿子说，这核桃卖给我吧。金老太摇摇头。

小疤儿子说，真的，我出高价。金老太还是摇头，并且握紧了核桃。

金老太儿子把李小疤儿子拉到一边，小声问，这陈年的核桃也值钱？李小疤儿子郑重地点点头。

金老太儿子转身和妈妈说，妈，他愿意高价买，就卖了吧。

金老太微微一笑，说，钱是好东西，可钱又能买回什么？

到了李小疤坟前，金老太把两个核桃放在地上，让儿子去找砖头。儿子磨蹭好半天才回来。砖头递到金老太手里，李小疤儿子央求道，我愿出五千元买下来，卖的钱您留着养老也好啊。

金老太一阵大笑，砖头落下，两声脆响。

在北京潘家园一家古玩店内，展列着一对品相极佳的文玩核桃，它们润泽如玉，躺在锦盒内，标着数万元的身价。有人看中了这对核桃，老板就讲了上面这段故事。

老板喘口气，喝口宜兴小壶里的茶，说："其实金老太的核桃并没被砸碎，在老人举起砖头的一瞬，被她的儿子换下了。"

◀ 小　薇

请相信我，我真的是从一千年前而来，不是穿越，而是我不安的灵魂一直飘荡，历经宋元，历经明清。我本不想和谁诉说，直至那天我在街上听到了一首歌："有一个美丽的小女孩，她的名字叫作小薇。她有双温柔的眼睛，她悄悄偷走我的心……"听着听着，我泪湿衣襟。是的，我的心底也埋藏着一个小薇，一个千年的小薇。

小薇，那年你还不满十三岁，但你已是名满京城的神童。长安城的街巷里到处流传你的诗作，我偶然读到，顿觉满目清新，别有洞天。我真的不敢相信它们会是出自一个小女孩之手。于是，好奇的我慕名前往。

花街柳巷旁，推开一扇破旧的门，碧水似的眼眸，让我眼前一亮。那份睿智应该不属于这个年龄孩童的眼神。我翻看案上的诗稿，问，都是你写的？你顽皮地笑笑："不信就请考一题"。好吧，一路走来时江边柳絮拂面，就写一篇《江边柳》吧！你以手托腮，略作沉思，一会儿，便在一张花笺上飞快地写下：翠色连荒岸，烟姿入远楼；影铺春水面，花落钓人头……我反复吟诵，心里不由暗自惊叹！红日在谈话中西斜，我只好作别，看看简陋的屋舍，我轻抚了下你的头，你恭敬地喊我：老师！

我们熟络起来，每有闲暇，我会来给你讲评诗稿，你就依偎在我身边，像只乖乖猫。小薇，遇到你这样的才女，是我心灵的幸福；诗歌遇到你，是诗歌的幸运。

浪子天涯归棹远。春已晚。莺语空肠断。

小薇，你个不懂事的孩子，在我离开京城的日子，你竟写了封这样的信给我，还没大没小地直呼我的名字：《遥寄飞卿》——"……珍簟凉风著，瑶琴寄恨生。嵇君懒书札，底物慰秋情。"黑夜，我失眠了。小薇，我的心里何曾不牵挂着你，你还好吗？你的音容笑貌总是浮现在我的梦里，只是，我更愿意无声地用父爱的眼神呵护你，我愿意永远做你的老师，更愿永远做你的诗友。

没有收到我的回信，你等过夏，等过秋，在凄苦的寒夜，又写来了《冬夜寄温飞卿》："苦思搜诗灯下吟，不眠长夜怕寒衾。满庭木叶愁风起，透幌纱窗惜月沈……"

我依旧没有回复作答。我是铁石心肠吗？我不懂儿女情长吗？夜深人静时，我问自己。如果是，我诗词里的婉约又从何谈起？身在异乡，人影形孤，我又何尝不常想起你呢？一晃两年多的时间，你一定是大姑娘了，一定婀娜了，更美丽了。藕丝秋色浅，人胜参差剪。云鬓隔香红，玉钗头上风。小薇，我真的想立刻见到你，我心中圣洁的小薇！

终于回到了京城，我迫不及待地站到你面前。你上前来紧紧拉住我，仿佛怕我再次离开。我没有鲜花奉上，只是带给你两册诗稿。趁你低头翻看之际，我偷偷地打量你垂髫下的面容，时光把你滋养成大姑娘，让人一见倾心的大姑娘了，此刻，我的心为你澎湃，沸腾的血为你快速燃烧。然而，我却鬼使神差地把年龄相当羡你久矣的名宦子弟李公子介绍给你。看你们郎才女貌比翼齐飞的样子，我为你欣慰，想你就此一生幸福了。

　　事与愿违，李家不能容你，无奈之中，你暂避道观，而李公子又背弃誓言，一去无踪。伤心至极，你恸心呼喊："易求无价宝，难得有情郎。"你伤心流泪悲痛欲绝，索性在道观挂起以诗会友的招牌，借花借酒借诗借歌纵情遂欲。我知道，你不是世人潛言的生性放荡，你是在自戕自毁啊！你宣泄积郁在心中的一种情愫，这种情愫，只有我能懂得。借酒浇愁，挟诗作乐，放荡不羁，矫性无度，终致惹来杀身之祸，在芬芳年华凋零。

　　小薇，我知道，归根结底是我害了你，是我不敢面对你的一片真情才导致这一切。世人说我是自惭貌丑，才不敢对你示爱，还有说我懦弱，才不敢越师生之门。我生君未生，君生我已老。你正青春韶华，而我，已经老了，爱是高尚的，是纯洁的，爱，不是自己纵欲得到，爱而是为自己爱的人处心积虑。我漂泊难定，你在我的眼里，是一只金凤，我更愿你栖在更高的枝头，栖在更温暖的巢窠。不想，恰是我这份无私的爱害了你，害你走入不归路……

　　千万恨，恨极在天涯！

薇，如果有来生，我还做你的老师，如果有来世，更做你的爱人，我要等你一起出生，一起长大，手牵着手，我还叫温庭筠，你还叫鱼幼薇，我们一起写诗谈词，一起对坐品茗，看柳絮飞舞，看落樱满地，从青丝到华发……

◀ 大清龙票

大吴喜欢逛文化街，那里每周有一次的旧物市场。

一家书摊前，大吴看到一本《安徒生童话选》，蹲下去拿在手上翻。他的童年也有这样一本，后来丢了。把书放在脚边，又随手从一摞老画报中挑拣出较新的一本翻看。翻着翻着，露出件东西：一整版猴票！

集邮的都知道，第一套单枚猴票已经都是几千元的身价，整版又该是怎样的珍贵？

大吴的心狂跳起来，慌忙把书合上，左右看看，扬起两本书，牙骨抖抖地问价钱。老板瞟眼封面，开了价，大吴理所当然还价，老板又争，大吴再还，成了交。

彻夜难眠啊，大吴一手拿扩大镜，一手使劲拧耳朵，真怕是在做梦。能不兴奋激动吗？这真是天上掉下一箱金元宝来，把人幸福地砸晕。

下一个旧物市场的日子，大吴又鬼使神差地早早来到旧书摊。

老板老远和他打招呼：您上集在我这儿买了书？

大吴迟疑了下，还是点点头。

看见书里的东西吧？旁边一个衣着朴素的女人急切地问。

东西？没有。

您买回去看了吗？

大吴说，买时在老板眼皮子底下就翻个遍，有东西早就都看见了。是夹着存折？

女人垂了泪。她老公出差的时间，她把他学生时代的旧书全论斤卖了，却不知道里面有邮票。

哪有这样放邮票的？都是用塑胶袋密封了锁在保险柜。大吴边说边想，是呢，不是这样放邮票，那么珍贵的东西怎么会到我手上。

我老公都急病了，我好不容易一路打听着追到这儿来，哪知让人买了去。现在我愿出高价把书买回来！

书摊老板也说，有就还给人家，积德行善做好事。

大吴说，书是你第一个经手，你该最清楚。我买的那两本还不一定是他家的。

女人要跟了去他家里看看，大吴马上做出前面带路的姿态，说，没有就是没有，你去了就能出来了？浪费了时间，怕是要错过向真正买去的人讨要呢。

女人收住了脚步，嘤嘤地哭出声来。

大吴心不软，若无其事地蹲在摊子前看起了书。

旧书堆里有宝贝！大吴发现这个秘密后，只要有时间，就去翻旧书摊，越是长了虫眼的，他越是翻得仔细。白天中了魔般去翻书，晚上就看邮票画册上的图片，边看边想：如果能找到张大清龙票，该多好啊。

这天又去旧物市场，又经过那家书摊，这些日子路过这里都是多少有点躲着走的。老板看见他，说，好久没到我这里买书了。

大吴答：是啊，这段时间忙，那邮票找到了吗？

老板说，别说邮票，连人都不见了。她男人后来和她说，那邮票能值两套大房子，女人一下就疯了，一天到晚在我摊子前哭啊骂呀，我的两套大房子啊，是谁昧了良心拿去啦，我们三代人还住两间平房啊，谁昧了良心决不放过他，做鬼也要咬死他。天天在这儿骂，搅得我买卖都做不安宁，这几天人不知又跑哪儿去了。

怪谁，既然珍贵就该放好。大吴冷冷地说。一低头看见摊上摆一套破旧的线装《聊斋志异》，忙蹲下来，一册册地翻看。一边细心地翻，一边还装成是随意翻翻。翻得眼睛发花了，忽然就翻到一枚大清龙票，壹分银大清龙票！那龙扎煞着胡须，舞动着利爪，和画册上一模一样！他激动地叫出声来。

书摊老板闻声看过来，怎么了？

没怎么。大吴急忙把书合在手上。

我看看。老板说。

没有，真的没有。夹在书里的手指正触摸着那张邮票，怎么能递过去呢。

老板坚决地伸过手来。

大吴犹豫着，不知怎样才好。忽然，大吴惨叫，那根手指钻心地疼痛。

伸出来一看，两个渗着血珠的印痕。

被什么咬的，怕是有毒！老板惊慌一喊，大吴更觉疼痛入骨，匆匆往医院跑。

跑出一段，看后面没人，忍住剧痛翻看慌乱间也没有丢下的那册书。却没有找见大清龙票。不会跑丢啊，一直紧握着的。他急忙重新一页页翻看，翻遍了，怕是夹在里面，又抖，还是什么都没有。

眼花了？会是眼花吗？再看手指，却已实实在在地肿得乌青。

第五辑

助人谁乐

◀ 路　遗

    时运不济的黄连婶今天可是交了好运，接连捡到两笔钱。

    黄连婶平日不出门，但一出门，准是去借钱。本村几乎都借遍了，不好再和谁开口。即使有人主动借钱给她，她也摇头，坚决地说，不要，先借的还没还上，已经拖累你们不少了。

    黄连婶出了村，在路上走，后面有自行车响动，骑车的和黄连婶说话：又去王权村啊？

    黄连婶站住，苍白的脸红了红，朝那人点点头。王权村是黄连婶的娘家，他娘家哥多。不过去娘家多了，嫂子们也没好脸色。但毕竟是自己的娘家，比借别人的心里踏实。

    骑自行车的叫玉亮，下了车和黄连婶说，我带你一段吧。

    黄连婶说，算了吧，你自己骑还这么大动静，哗啦哗啦直响。

    玉亮看看自己的破自行车，嘿嘿地笑，手往怀里掏，说，婶，我这里有几十元钱，你先拿去用吧。

    黄连婶忙拦住，你帮我的还少吗，我自己命苦，不能总拖累你们。

婶，我知道你好强。可我是外人吗？自家的远房侄子。

黄连婶说，你惦记着婶，婶感激不尽，主要是你也不富裕，我现在日子还过得去。

好吧，玉亮知道拗不过她，就说，那我先走了。

玉亮骑上哗哗直响的自行车，骑得很慢，比黄连婶走快不了多少。拐过一个弯，玉亮不见了。

黄连婶走过拐弯处，见路中央有一沓钞票。

黄连婶捡起来，数了数，不到一百元钱。天呐，这是谁这么马虎，一百元足可以买七八袋化肥，足可以给黄连买一个月的中药，足够县中学读书的女儿三个月的生活费了……

往前后看，见不到一个人影。

丢钱的马虎，玉亮也马虎，他走在我前面，愣没看到。黄连婶摇摇头，把钱装进衣兜，心想会和找钱的人遇见，就继续往前走。

迎面开来一辆农用车，在黄连婶面前停下来。是屠户柳三。

嫂，你去哪里啊？

我去走个亲。

哦，俺哥一个人在家呢？

咋，你还怕他跑了？

柳三笑了，黄连终年躺在床上搂着药罐子，既不会跑也不会怕谁偷。

柳三说，嫂，咱一起回家吧，有啥困难我给解决。

黄连婶说，你也没开印票子的机器，每天起五更杀猪，再赶集卖肉，生意做得也辛苦。

柳三说，嫂啊，你不是困难到揭不开锅了，不会又回娘家。好，你去吧。柳三挠挠头，朝农用车上看看说，我丢在集上东西了，回去拿。

说完，农用车冒了一溜黑烟，掉转头走远。

黄连婶笑着摇摇头，骂句慌张鬼，掉转头回走也不想着带我一段路。

走出不远，黄连婶再次财运高照，又捡到一沓钱。拿在手上，油渍渍的，上面还沾有一星暗红的肉渣。

回到村里，黄连婶找到玉亮和柳三。不想二人一口否认，说没有丢钱。

黄连婶说，你们不是丢，是故意放在路上让我捡。

俩人都说，俺俩是傻蛋啊？脑子有病啊？

黄连婶的泪就落下来，说，只要说钱是你们的，算我借的行了吧？

不管她怎么说，两人就是不承认，异口同声地说，钱是你捡的，找不到失主就是你的。

黄连婶很无奈，两迭皱巴巴的钱像两块刚出炉的烤山芋，烫手。

思来想去，黄连婶最后把钱交给村主任，让给广播一下，找寻失主。

电喇叭里还没有广播，人们都知道了黄连婶捡钱上交的事。第二天午后，玉亮和柳三找了来，说，既然你铁了心不要，我们只有领回了。

黄连婶叹一声，我只有用这个法子逼你们出来。走，一起去村委会要。

到了村委会，主任柳大牙脸色酣红地躺在椅子上打盹。听黄连婶说完，柳大牙打着酒嗝说，你们都值得表扬，一边是慷慨助人，一边是拾金不昧。

黄连婶说，场面话就不用说了，快把钱退给他俩吧。

柳大牙不吭声，脸却更红了，反手把墙上的日历撕下一张，裁成两张寸宽的，把烟丝倒在印有"1989"的一半上，在手上一扭一转，就成了一只大炮烟。点燃深吸几口，让自己隐藏在烟雾中才说，上面总来人，村委会也没啥收入，刚好今天李乡长领几个人又来了，你捡的钱真是雪中送炭啊，今天吃饭的账结了不说，还把以前欠的也还了些。

三个人一下僵在那儿，瞪出的眼白如晒在河滩上的鱼。

◀ 助人谁乐

门开了，"呼啦"一下，单位的主管领导、办公室主任等鱼般贯入。

他家好像从没来过领导，他拘谨地搓着双手，来，坐、坐吧。他忙招呼厨房里的妻子，倒茶！哦，还是去买几瓶茉香蜜茶吧。

领导亲热地拉住他说，小金啊，听说你经常助人为乐，我和几位领导来看望你。

小金说，谢谢领导。

领导扳着指头说，冬天你帮孤寡老人买煤送炭，夏天你给路边乞丐打伞遮雨，白天你领小学生过马路，夜晚你用手电筒给路人照明……这些虽然都是小事，但体现了一个青年的高尚品德，弘扬了和谐社会的主旋律。

主任插嘴道，咱单位还收到过表扬信，是被小金帮助的大学生写来的。

说说，怎么帮助的？

小金还没开口，主任就抢着说，大学生在火车站钱包被盗，开口求助却被当成骗子，是小金给他买了火车票。

领导说，小金心地善良，就是真骗子也会被感化得改邪归正。

妻子买来了茉香蜜茶，递到每人的手里。领导没喝。妻子忙不迭地给打开，领导才微抿了一小口。

短暂的沉默。小金偷眼看了几位领导。

领导咽下蜜茶，清清嗓子，才又说，小金啊，听说你几年如一日地照料过一位老人？

听到这话，小金从领导进门时凝结在脑子里的一团疑云，瞬间散去。

领导说，给我们讲讲你是怎么照顾的。

小金说，没什么好说的。

办公室主任忙说，汇报一下，说不定今年能给你评个助人为乐的标兵。

领导说，怎么，小金还不是助人为乐的标兵？

主任说，去年是财务王科长，前年是工会刘主席，今年争取是了。

小金笑笑。那是两年前的事了，上班路上，一位老人摔倒路边，围了一圈人。他想都没想，就叫来救护车送到医院，还刷了银行卡给老人代交了治疗费和住院费。把老人安置妥了，他跑着去上班，结果还是迟到了。解释半天，办公室还是要罚款，他一气之下说，那就算旷工吧。扭头又回了医院。

领导白了主任一眼，问小金，后来呢？

老人是突发脑血栓，不能言语。更要命的是，找不到他的家人，医院抓住我不放，我肠子都悔青了。我连续垫付到三万多元，老人才会开口说话。原来老人的儿子在国外，他回来后，要接老人出国。老人坚决不同意，淌着口水说，快死的人了，死也死在自己的国土，死在自己的家乡。老人的儿子没办法，紧紧拉住我的手说，兄弟，我提个非礼要求，求你照顾我老父亲吧，我的科研课题完成了就马上回来，你帮帮我吧，我知道你会为此吃很多苦，但父亲交给你我才放心，我给你开工资。

　　主任问，你答应了？

　　我望着无助的他，又望望病榻上的老人，心一软，就答应下来，但不答应要工资，我说，如果给工资，你们就自己请雇工吧。

　　看看，小金的风格多高尚。

　　老人的儿子走后，我和爱人轮流去照顾老人。慢慢地，老人恢复得可以自己穿衣，可以自己吃饭。

　　后来呢？

　　岁月不饶人，这不，才两年多的时间，老人还是走了。

　　然后呢？

　　老人的儿子料理完丧事，紧紧拉住我，硬塞给我一张银行卡。我坚决不要。老人的儿子泪如泉涌，说，这是我的心意，更是父亲的心愿，父亲一生是知恩必报的人，你接受回报，老人家才会含笑九泉，我的内心才安。

　　领导说，你要了？

　　我和他说，既然这样，那就让更多的人知道你们回报了我，明天你敲锣打鼓地送来，我就收下。后来的事情你们肯定都知道了，不然今天也不会来。

你真的收下了？

真的收下了，并且是一大笔钱。

那你对这笔钱怎么打算呢？

这是我个人的事情，谢谢领导关心。

难道你真想留下这笔钱？难怪这么多天都没啥动静。主任指着一位从始至终都低头往本子上写字的人说，你的事迹他都记录了，他是准备报道你的，我和领导都希望你后面的事迹更精彩……

虽然我帮助别人时从没想过图回报，但回报同样是真诚和发自内心的，不可违拗。

那，你肯定是想用这笔钱来做社会公益或捐赠灾区，一定是！领导微笑着引导。

不，老人是希望我过得好些，我不能违背老人的心愿。

小金！办公室主任几乎是喊，今年还打算让你当助人为乐的标兵呢，你可要珍惜和把握啊！其实我们今天来，就是来帮助你提高思想认识的！

小金被喊得一激灵，不过马上又平静下来：助人不是做给谁看的，不是做表面文章，帮助别人时会感到快乐，所以今后我依然会尽力去做。至于老人送给我的钱，我要尊重他的遗愿，他是真心想回报帮助了他的人，我不想让善良的灵魂在天堂里不安，就像我看到有人需要帮助，而如果我因为什么没能伸出手去，心里会难过很久一样。

一片沉静。

小金走到门口：领导们，没有其他的事情，我们要吃饭了，不留你们。

◀ 何首乌

何首乌是药材，补肝肾，益精血，乌须发，强筋骨，还能延年益寿。

首乌山上都是何首乌，只是山路崎岖，运输极难。山外打工归来的何大贵建起一个小作坊，买了台粉碎机，把何首乌炮制后打成粉，装成几百克的小包装，贴上"百分百纯首乌"的标签，销往城市。牛刀小试，不想销路奇好，订货者纷至沓来。大贵白天接待客户和发货，晚上自己加工首乌粉，忙活得连个囫囵觉都不能睡。

有个来进货的崔保胜看沾着一身首乌粉的大贵，说连个工人都舍不得雇，肯定发大了。大贵说，哪里能发财，只是赚个辛苦钱。保胜看大贵真的是用纯首乌粉直接装袋，连连摇头，难怪你不赚钱。就凑到何大贵耳根前。大贵一愣，说行吗？保胜说，保证你赚得钵满盆满，还保护了这满山的资源。

何大贵整整思考了一天，终于照保胜的主意进行了改革。先是购进了一批食用淀粉，然后把少量淀粉兑进首乌粉内。包装袋也重新印刷了，换成铝塑包装，双重防潮封口，设计考究，色彩艳丽，最引人注目的那句广告语也改成了字号更大的"百分百纯天然"。

做完这些，大贵心里怦怦直跳，像是做了贼似的。是保胜给出的主意，那这第一批货就发给他吧。货发走后，他不安了好长时间。直到保胜第二次催他发货，他提着的一颗心才放下来。新包装开拓了新销路，产品到了供不应求的地步。大贵看到了辛苦钱之外的巨大利润。大贵请来几个乡亲当工人，他只管监督生产工艺，只要每天接电话，收发合同传真就行了。

订单雪片般飘来，山民们每天采来的首乌就那么多，这中间还要晾晒、炮制，都是需要时间的。在催促货物的电话声中，大贵又开始了新举措，还是那个包装，还是那句广告语，只是配方发生了变化，已不是往首乌粉里兑淀粉，而是改成往淀粉里掺首乌粉。并且兑的比例也一再调整，从 2:1 调成 3:1，慢慢地，不知不觉地，最后成了 10:1。这个比例固定下来，竟成了严格的产品标准，大贵对厂里几个工人说，一定要保证这个比例，人家花了钱，要让产品物有所值，咱不能亏良心。

保胜再进山来，何大贵已经注册了公司，产品也注册了商标。西服领带的大贵开着乌亮的小轿车请保胜去饭店吃饭。三杯酒下肚，大贵说，感谢你给出的点子，我才发了财。钱虽赚了，不过，心里总觉得这钱不踏实呢。

怎么不踏实？

自从兑了淀粉，村里人都说我是作假才发财的，心虚呢。

保胜笑了，心虚就花出去呀。大贵说，好不容易赚来的，再花出去？保胜说，花出去，大把地花出去，你会收到意想不到的效果，得到你意想不到的东西。

大贵咬咬牙，先是给敬老院送钱，再是给村里修路。保胜听说后，忙着急地给他打了电话。

市里举办退休老干部书画展，大贵去给赞助了10万元，组委会欣喜地说，以你的产品命名吧。于是，何首乌杯书画展办得如火如荼，结束时，每位获奖者还获赠一提精美何首乌粉礼盒。本地电视台、报纸都连续报道了这次书法展，大贵算了算，花这些钱，比黄金时间做广告，便宜太多。

电视台举办青年歌手大奖赛，大贵取得了独家冠名权，每天晚上，人们在听歌手甜美歌声的同时，会听见几段插播的何首乌粉"百分百纯天然"的广告，特别是在等比赛结果前激动人心的时刻，更是插上了几分钟对何大贵和何首乌粉的专访。一晚下来，人们没记住几个歌手的名字，却都记住了何首乌粉。

这么一来，大贵和他产品的知名度越来越大，他成了尽人皆知的著名企业家和慈善活动家，还光荣地戴上了政协委员的光环。何大贵简直不相信这是真的，不过自打成了政协委员，心里真的踏实了。

经过几年的采挖，首乌山上的首乌绝迹了。保胜对大贵说，这下你完了。大贵笑笑说，我已经不是以前的大贵了。

大贵在市里的工业园建了新厂，企业通过了几个重要的体系认证，搬迁后重新启用的包装更加华丽和漂亮，上面印着何首乌牌营养粉，另加一条广告语：百分百何首乌口味。前几个字体粗大豪放，后面的"口味"两个字却小得可以忽略不计。后面的配料表上写着：何首乌香精，奶粉，淀粉……

在这个城市里，提起何首乌粉，都知道是本市的著名品牌；提起何大贵，都会说，那个大慈善家呀！

◀ 美酒飘香

刘大用有一瓶好酒，不但自己爱不释手，就连村主任也时常惦记。

是刘大用的战友来看他时，带来两瓶飞天茅台，当晚两人对饮了一瓶，这一瓶就剩了下来。

村主任就来和他半开玩笑地说，我为咱村里的事情跑前跑后的，还不炒两个菜，把那瓶酒犒劳了我？

大用嘿嘿一笑，这么好的酒，不晌不夜的，咱俩喝了有啥意义？

你的意思是？

等你上面来了人，来了给咱村里办大事办实事的干部，也给你壮个门面。

好，好！村主任一连拍了几下他的肩膀，夸他想的周全。

村小且偏僻，很久也不见上面来人。

这天，村主任终于来了，说，县里来咱村检查农业备耕了，来的个副局长，快把你的酒拿出来吧！

大用说，不是来个当官的我就拿出酒来，要看他是来干什么。

关心农业，利国利民，难道你还反对？

大用嘿嘿一笑，我不反对，可我更愿意要来个能为咱村里的建设出把力的，能把咱村经济带动了，我再拿出来。

村主任摇摇头，一步三回头地走了。

过了半年，村主任又风风火火地来了，说，这回那茅台该喝了，上面来了人要给咱村修路呢，路修好了，一直可以通到外面了。

大用连忙从腰带上取下钥匙，打开橱柜，双手捧出茅台，刚要递给主任，又把酒重新揽回怀里说，我和你一起去看看。

真像村主任说的，是来勘察修路的。一起来了几辆车，昨天刚下了雨，车上满是泥泞。村主任朝院子里一个梳着背头的人一指，那是负责的陈局长。大用打量那个局长，几个人里只有他皮鞋锃亮得一尘不染。大用扭头回走。村主任在后面追，咋？

大用说，这酒不是给他喝的！

大用进了家，门外响起一阵清脆的自行车铃声。是邮递员老张。老张双手递上一本崭新的《小说选刊》：你订的杂志！

大用看看老张，又看看塞在他自行车盖瓦里的泥巴，说，这么远的路，还这么泥泞，你慌个啥？隔天路好走了再送来也行啊。

老张说，先去送了别人的几封信，家书抵万金啊，耽误不得。

大用说，好人老张，你可真让我感动，信都送完了吧？快屋里坐坐。

把老张推进屋，大用说，其实让我感动的，不只是你，而是整个中国邮政！说来话长，我爷爷去当解放军，新中国成立后几年都没有音信，后来俺太奶不忍看俺奶奶一个人孤苦，就逼俺奶改嫁。俺奶坚决不从。后来太奶拉着奶奶央求，别等了，他活不见人，死不见尸，你还一朵花似的，我们不能拖累你，我给你找好了一户忠厚的人家。实在被老人逼得没办法，奶奶就答应了。明天人家就来接人了，奶奶在村口站了一天，哭了一天。天黑下来时，从村外急匆匆来了一个人。那人到了跟前，奶奶的满腔希望瞬间破灭了。不过这人接着问奶奶，说谁谁家在哪儿住？奶奶说，我就是啊。那人说，有你的信！奶奶撕开一看，就大声恸哭起来：是爷爷寄来的，爷爷没死，而是随部队去了新疆的建设兵团！还有，我当兵时，接到紧急命令去救灾。一口气干了十五六天，才想起该给家里写封信报平安。清早邮局没开门，我没时间等啊，想了想，就把没贴邮票的信丢到信筒里。不想，家里竟然收到了信，信封上还给贴了邮票！看来是遇到了好心的信件分拣员！

老张听他说完，呵呵笑起来。

就说你吧，这些年风里雨里地给我们送信送报刊，给出门在外的人家报平安，给想致富的人们传递信息送报刊，来，感谢的话不说了，我这有瓶好酒，咱哥俩喝了吧！

老张说，不用感谢，我们分内的工作，应该的。酒就不喝了，俺们也有纪律的。

你今天的工作不是都完成了吗？八小时以外，咱是弟兄，喝酒！

不顾老张的阻拦，大用拧开酒瓶的盖子，一股醇香立刻飘荡出来，涂得满屋子都是。

第
五
辑

助
人
谁
乐
·

◀ 鏖 战

夕阳如血，染红天边云彩。

经过半天的鏖战，战斗已进入尾声。他没想到，今天会这么惨烈，惨烈到他只剩了一个贴身卫士、一架战车和一个兵丁。对方呢？虽然也折戟沉沙，死伤无数，但她还有足够的兵马，并且已经困住他的城池。

失败的阴影向他袭来。他擦拭着苍老的额头，却没有一滴汗水。

战争是从午后开始的。他率领着他的部下路过，本无心进入战斗，却经不住对方女将的挑衅。战就战，谁怕谁？

开战之初，他想快刀斩乱麻地结束战斗，他肆无忌惮地排兵布阵：中间架起的大炮，直指对方中军大营，烽烟燃起，在两翼发起猛烈进攻：战马长驱直入如进无人之地，铁蹄清脆地踩踏对方的军卒；他的战车在对方的地盘上肆意纵横，让对方容颜失色。他抚摸着下巴上的短髭，飘飘然间却将出五绺长髯的感觉，局面大好，他真想发出一连串震荡寰宇的长笑。

战局瞬间急转直下，他的一架疯狂的战车被对方斜刺里冲出的战马踏翻。他猛拍额头，怒发冲冠地调集兵力围堵这匹战马。不想，他盛怒的后果，却是再次给了对方机会，对方轻易地灭掉了他的一门火炮，要知道他还想倚重这门炮的威力发挥个淋漓尽致呢。

元气顿时大伤。他后悔起来，不该那么冲动和得意。冷静，一定要冷静。他暗暗叮嘱自己。一时间，他像高僧入定，四野空旷，如在梦里，没有了马嘶，却仿佛听见了羊的咩叫。

他谨小慎微起来，尽管她在她兵马的后面羞辱他："怎么突然像个老娘们了？你的豪气呢？"

激将法。

他是不会上当的。他一根根地扯动着短髭，让自己疼，让自己清醒。在调动一兵一卒之前都要仔细侦查了周围环境，预测了敌方的未来动向才开始行动。

他偷偷地望望她松弛的脸颊上曾经非常好看的俏鼻子。那些年，无论寒暑，他和她的战争进行到胶着状态时，那小鼻子上就沁出细细汗珠。如今没有了。岁月替她擦干了。岁月啊！他感慨一声，抿着嘴巴笑了，露出缺成豁洞的牙齿。

他们第一次交锋时，他正血气方刚无人能敌，而那时的她，是传说中名震四方勇冠三军的女豪杰。年轻就气盛，刚一交手，双方就针锋相对，远攻近伐。他暗暗吸口冷气，由衷地生出敬意，果然名不虚传。隔着楚河，他闻到了香甜的奶香。他鼓足勇气，抬头往对面张望了一眼，目光刚爬到布满奶渍的胸脯上就被弹回来，心慌意乱了好久。这时，传来孩子哇哇的哭声，她依然稳坐。她翻着白眼的婆婆把号啕的孩子交到她手上，她无所顾忌地撩起衣袍露出大奶，一边把紫红的奶头塞进孩子口里，一边继续调兵遣将。

刀光剑影，硝烟弥漫，每一次冲锋都会金鼓齐鸣，每一场拼杀都要争出输赢。时间一年年过去，谁还记得他俩交锋了多少次，搏杀了多少回？他清楚地看到她额头先是添了皱纹，又添了白发。他看不见自己容颜的变化，只感觉指挥三军的手不知什么时候，有些微微颤抖了。

只有她，才是他真正的对手。也只有他，才是她旗鼓相当的对头。

黑云压城城欲摧。山穷水尽了吗？今天他还能化解掉这重重的危机吗？他不想举手投降，也不甘束手被擒，可她已经把刀架在了他的脖子上。万般无奈，他想移动一下帅位，手还没动，已瞥见她后面的炮早已提前虎视眈眈地瞄准着他想去的位置。

"奶奶，回家吃饭吧！"关键时刻，一个银铃般的声音挽救了他。

他趁机推乱棋盘："天黑了，天黑了！"

"你呀，不乖乖认输，又耍滑头！"

"哪里就输？我哪里会输？要不再大战一盘？"他嘿嘿地笑着，手扶棋盘站起来，三只可怜兮兮的羊立刻过来蹭他的腿。

"呀，还没去放羊呢，天就黑了。"他叹一声，又捉起孩子一只嫩藕般的手臂说："孙子，我教你下象棋吧！"

孩子撇撇嘴："我才不稀罕呢，我还要在电脑上打游戏呢，打枪战，我都是黄金战神了！"

"明天见，明天咱们再战！"她牵起孙子的手。

"明天见！"

他挥挥手，却茫然了，不知是回家，还是该带着他的部下——饥肠辘辘的羊走向正被暮色吞噬的田野。

◀ **事件直击**
....

黄二是救狗事件的直接目击人。

黄二在靠近公路的空地上摆个摊子，卖方便面和矿泉水。晨曦下一辆大卡车拉着一车狗，缓缓地停在路边，司机走到黄二的摊子前，买了两瓶矿泉水和两桶方便面。哀哀的犬鸣和刺鼻的气味一起袭来，黄二连打几个喷嚏。揉揉鼻子，指着一车狗问，这得多少条啊？司机说，有420多条。黄二舌头在口里啧啧直响。

司机重新坐回驾驶室时，路却被一辆小轿车堵住。车里的人一边打电话，一边朝司机摆手，让司机下来。那人打完电话，对司机说，哪来这么多狗？

司机说，收来的。

那人问，往哪里运？

司机说，东北，那边爱吃狗肉。

那人说，你知不知道，这是剥夺弱小动物的生命权啊？

司机说，关你什么事？让开！

那人说，我就要管，我是幼小动物保护协会的，不但我管，我们协会也要管。

司机说，我是正常营运，你要胡闹我可报警了。

那人说，报吧，你不报我还要报呢。

两人纠缠的功夫，又先后来了几辆轿车，依次停在运狗车的前后左右。来的几个人和先前的一个打着招呼。黄二听他们说话的意思，他们并不认识，而是从什么微博上看到的消息，才匆匆赶来的。司机软下来，说，别闹了，我要赶时间。拦车的说，你把狗放了，我们让你走。司机说，凭什么？我这是花钱买来的。

又陆陆续续地来了十几辆小轿车，来的人都纷纷加入进来，让司机放狗。路被堵住了，后面的车按起了喇叭，乱哄哄一团。警察真的来了。

警察询问缘由，司机拿出了动物检疫证明和相关手续。警察向拦狗的人群说，车上证件及手续齐全，也没交通违章，请大家不要拦截。众人说，我们都是小动物保护协会的志愿者，我们不能眼睁睁地看他把一车狗送进屠宰场。

司机说，这是商品，是咱们餐桌上的一道菜，每天都有车拉活鸡、活羊，甚至活牛活马，那你们为什么不拦？

你这一车狗来路不正，看，很多狗脖子上还有链子，肯定是偷来的，不知丢狗的人家心里多难过呢。警察，你要主持正义！

警察说，你们赶紧把道路让开，不要堵塞交通。

人群没有丝毫让路的意思，反倒一起有节奏地大喊：放狗，放狗，放狗，放狗……

中午的骄阳很是火辣。有人说，这些狗多可怜啊，拥挤在这么小的铁笼子里，太不人道了。说着，掏钱买了黄二的几瓶矿泉水，打开递到狗笼前。一些人受了启发，也纷纷走到黄二摊前，买矿泉水。黄二的十几箱矿泉水很快卖光了。黄二懊悔着今天进少了货，忙对人们说，狗们其实更饿，我这儿也有方便面和火腿肠。

人越围越多，车越停越多。警察哑着嗓子说，狗的事儿你们尽快协商好，给后面让一条路出来。

人群还是乱糟糟的，每个人都在说，但又听不清具体谁在说什么。太阳像是怕吵似的，一下子就落下去。

终于，后面传来声音：会长来了！

人群不约而同缩出一条缝隙，一个中年人走进来，他声音抖抖地说，谢谢大家，谢谢大家对弱小动物的爱心！人们喊道，会长，你一定要保护下这些狗！

一脑门子汗的警察把双方代表拉到黄二的摊子后面，开始协商。

司机说，我不是没有爱心，我这是花钱贩来的，我爱心了，日子咋过？让我走吧，我保证下次绝不干这生意了行吗？

会长说，你多少钱买来的？

司机说，算上运费，15万。

会长说，便宜点，我们买下。

司机还没表态，听到消息的又喊，不能买，今天买了，他有利可图，明天会拉来十车后天会有百车！

外面的志愿者有人惊呼，狗狗已经开始有死的了！

有人哭泣起来，司机，你他妈的没有爱心，你还是人吗？

放狗！放狗！人们再次呼喊起来。

会长对司机说，便宜点，我们买下。

面对人潮，司机为难地说，总不能让我亏本吧？

会长说，既然我们是做慈善，也不会让你亏很多，但决不能让你赚到钱。

子夜时分，双方终于都让了步，谈妥了价格，可钱又成了问题。会长面带难色地对大家说，我只带了八万元，目前还差四万元，晚上也取不出钱，希望大家捐助一下！

好，同意！钱像粉红的雪片，这个500，那个1000地纷飞过来，眨眼间就凑够了。黄二擦了擦眼睛，总说世态炎凉，想不到世间竟有这么多善良可亲的人啊！

狗被解救了！志愿者们欢呼着，他们开来的小轿车立刻排成了整齐的一队，闪烁着车灯，他们将一起护送狗狗们去养殖基地。

黄二仰天长叹，他来这个城市快十年了，从没见过这样的场面，从没有遇到这么多的好人聚在一起，苦命的他这些年除了遭遇白眼就是不幸。肇事逃逸的车夺走了他的一条腿后，他就拄了拐在路边摆摊子，一边维持生计，一边梦想有一天能够装上假肢，像从前一样行走。

黄二看下自己的空裤管，又望望如龙的车队，眼睛一下亮起来，他夹紧拐，跟跄地踱到打头的轿车前，抬起干瘦的手，满怀希望地轻叩车窗的玻璃……

第六辑

门前有树

◀ 雅　号

　　小丁从小最忌讳的，是同学们喊他丁麻子。小丁眉清目秀面光皮滑，别说麻子，连个痣都没有。原因出在他爸爸那里，他爸爸人称"丁麻子"，而他爸爸也是面白皮光的。据说这个雅号源自他爸爸的爸爸，小丁爷爷是个浅皮麻子。

　　走在街上，鲜艳的红领巾映衬笑脸，俊朗的小丁很是出众。不认识的就问，这俊小子是谁家的？丁麻子家的。问的就咂咂舌，麻子英俊，儿子更好！小丁同学多是知根知底的邻居，都童言无忌地喊他丁小麻子，小丁可不像他爸那样心甘情愿。别人来买烧饼喊他爸爸"麻子"时，他爸都清脆而响亮地答应着。为摘掉这个世袭的绰号，他骂过娘，打过架，后来还是老师出面制止，才没谁当面喊他丁麻子。不让喊麻子，调皮捣蛋的同学就别出心裁地叫他"石榴皮"。叫了几天，嫌不精准，又改成"外翻石榴皮"。

　　多烦人啊，多伤害一个孩子的自尊啊。从小到大，"麻子"二字对小丁来说，就是扎在脸上的芒刺。

但他的叫"丁麻子"的父亲有一手好手艺，会做烧饼，做的烧饼外酥里嫩，饼上的芝麻看着生，吃起来却焦香，是得了小丁爷爷真传的。丁麻子烧饼香出街巷，誉遍全城，有时赶上来买烧饼的人多，宁愿等上半小时。后来，丁麻子英年遇祸，年轻的小丁在悲痛之余，也长吁一口气，认为父亲走了，自己终于摆脱"麻子"二字了。

小丁的工作单位离家远，没人知道他的老底儿，再没谁人前背后麻子麻子地刺激他。远离"麻子"二字的小丁娶妻生子，美满幸福。以为生活就这样一帆风顺下去了，单位却仿佛一夜之间就垮了。小丁回到了家，雄心勃勃地倒腾了几年服装、家电，都是拿出去的钱多，收回来的钱少，单位买断给的几个钱就折腾光了。小丁又去找工作，当过两个月保安，做不到一年的仓库保管，终因各种原因作罢。饱受伤害的小丁灰头土脸地蜗居家中，头发花白的母亲见他愁眉不展坐吃山空，说，现在这个社会连瞎眼的雀儿都饿不死，还能饿了你七尺男儿？小丁说，妈呀，做生意没本钱，去应聘没特长，你说我能不饿着吗？母亲说，实在不行，重新拾起你爸爸的烧饼铺，既不用投什么资，还没有赊欠。小丁说，可我不会做烧饼啊。母亲说，我没白跟你爸这么多年，我会。

经过母亲多天的培训，小丁的烧饼店开张了，小丁是精心准备的：特级精白面粉，桶装的一级食用油，上好的白芝麻，加之严格按照母亲亲授的操作工艺，他做的烧饼也基本做到了外酥里嫩，芝麻焦香。生意却不好。小丁叹了气，给出的理由是，毕竟不是爷爷和父亲卖烧饼的那个年代了，现在小吃品种多，连洋早点都漂洋过海地来凑热闹。

这天，小丁边做烧饼，边盘算下一步自己再改行干什么。走来位留着山羊胡子的老者，买了两个烧饼，咬完一口就一愣，等把一个烧饼三口两口吃完，才意犹未尽地说，烧饼做得不错啊。小丁说，那就多吃几个。老者说，是家传的手艺？小丁摇摇头，又点点头，因为他想起了母亲的手艺源自父亲，父亲的手艺源自爷爷，极不情愿地想起麻子的雅号带给他的童年伤害。老者说，味道很像多年前的麻子烧饼呢。小丁脸红了，说，我是他儿子。老者打量下小丁和他的铺子说，多好的老味道啊，做梦我都在回味，还以为失传了呢，原来你叫个什么飘香烧饼，这让我们怎么能找到啊？老人这么一嚷嚷，立马起了广告效应，上百个烧饼一下被抢光，小丁立刻如梦初醒。

"丁麻子烧饼"几个大字从容醒目地上了招牌，小丁的生意一下火起来，店前有时也要排队了。这个年头，除了买经济适用房，哪还有排队的事情呀？买小丁的烧饼就要排队！没半年，小丁又分别在城东和城西开了两家分店，同时也发现有人悄悄地挂起了"麻子烧饼"的招牌。小丁气坏了，他才是丁麻子唯一血统纯正的传人，怎能容忍别人分享"麻子"红利？他没见过爷爷，就请画家按照他父亲的照片画了像，脸上任意而夸张地点上几颗大黑点儿，然后去注册了"丁麻子"商标，请了律师，经过维权，小丁赢了。小丁还上了电视，面对千家万户，小丁字字铿锵句句煽情地大声说，老街旧邻们，您还记得有着近百年历史的麻子烧饼吗？还记得四十年前卖烧饼的丁大麻子吗？相信您一定还留着舌尖上的记忆。我是他老人家唯一的儿子，也就是丁麻子烧饼唯一的正宗第三代传人，记住丁麻子，记住麻子烧饼，记住我，我就是新时代的丁麻子！

大家都知道了，已经不亲手做烧饼的烧饼店老板，那个脸白面光的中年人，叫丁麻子。

◀ 我要蔚蓝的天空

穿过芦苇荡，绕过采蒲台，游船朝荷花淀驶来。淀水悠悠，清风习习，把在岸上等船时的燥热一下吸了去。苇丛中两只水鸭子扑棱棱地拍打着水花飞出来，引得女儿菱子一阵惊叫。

夏说，你可要仔细观察啊，回去一定写出几篇好作文。菱子点点头，大眼睛更专注地捕捉着眼前的景色。

船泊登岸，菱子一蹦一跳，两只小辫子一摇一摆。进入荷花文化苑，菱子的眼就花了，接天蔽日的荷花啊，白的、粉的、白粉相间的，红的、紫的、红粉相间的；荷前都竖了牌子：碗红，晓霞，大紫玉，元妃荷，渥城白莲……菱子太高兴了，一个劲儿地说，真香啊，真美啊。

荷间徜徉，又觉热起来，菱子悄悄和夏说，我要揪片荷叶，当草帽戴。

夏连忙摆手，说不能揪，你看，那边拿电喇叭的人，正喊着让大家爱护花草呢。再说了，就是没人看着，咱也要自觉啊。

菱子不高兴了，说太阳多大啊，我热呢。

夏说，我给你讲讲咱这大淀吧。咱这大淀方圆足有几百里，水域辽阔，苇美鱼肥，荷香菱鲜，曾引得远在京城的皇帝和大臣们都来游玩。淀里有数不清的芦苇荡，小船进去了，就像走进青纱帐，七横八竖地像迷宫，日本鬼子侵略中国的时候，在这里可没少吃亏，让雁翎队打得屁滚尿流的，好多喂了王八。后来，由于干旱等原因，淀里的水越来越少，苇子枯了，荷花败了，水鸟走了。人们等啊盼啊，又过了好多年，淀里才又有了水，但是从很远的地方千辛万苦引来的。有了水，大淀就活了，芦苇又绿，荷花又香，鱼虾成群，水鸟也都自己飞回来了，这里又重新美起来。你说，来游玩的若每人都揪一片荷叶，后来的人还能欣赏到十里荷香的美景吗？

菱子点点头，脸上露了晴，四周环顾，又抬头望了天空，说，这里的花真的比咱小公园的香，树也比咱门前的绿，天空更是比咱市里的蓝，多蓝啊，这就是蔚蓝色吧。夏说，是啊，所以我们更要爱护这里的环境啊。菱子点点头，把嘴里的口香糖吐出包好，跑去丢进垃圾箱。夏笑了。

沿着游廊，走进荷花深处，菱子喊，爸，我捡了一片荷叶！

是谁丢在地上的。夏说，好，那你顶在头上吧。

荷叶已有些干枯，但菱子还是如获至宝，戴在头上，高兴地摆出几个姿势让夏给拍照。

一个拿电喇叭的走过来，对菱子说，我这么扯着嗓子喊，怎么还揪荷叶呢，罚款！

菱子一下呆住。夏说，不是她揪的。

电喇叭说，那就是你揪的了，你是家长，缴罚款吧。

是别人揪的，我们捡到的。

赫赫，你再给我捡一片看看。电喇叭冷笑两声，边上几个人围上来看热闹。

看来没法儿解释清楚了。夏望着菱子明亮的大眼睛，说，菱子，你先去前面看鱼鹰捉鱼表演吧。

菱子一步三回头地走了。

等夏追上菱子时，菱子问，爸爸，你真的缴了罚款？夏好像很平淡地笑笑，说，没有，真的没有，咱没破坏环境，他不会冤枉好人，再说他也是为了保护荷花。

一条河汊前挤满了人，河汊里正在实景演出。演员都化着妆，真刀真枪拿着，农民打扮头蒙毛巾的是雁翎队，穿着黄呢军装的是日本鬼子。夏说，身临其境，比电影还好看。周围的人说，千篇一律，每天都演。

菱子挤在爸爸身边，更是觉得新鲜，大眼睛看得一眨不眨。先是鬼子开着铁皮军舰追雁翎队，后来雁翎队英勇反击，乘几只小渔船把鬼子的舰艇团团围住，机枪步枪一起响。

虽然是演戏，却非常逼真，枪炮声嘎嘎地震耳，鬼子被打败了，敌船被打得着了火，就腾地一下冒出一大团烟雾。那是点燃了前后甲板上几堆浇了柴油的木柴。

浓重如墨的黑烟快速地翻滚升腾，弥漫在苇绿荷香碧水映衬的天空。

爸，快去灭火！

这是演戏。

爸，你快去灭火！菱子的小拳头捶打着夏。

夏指着涂着绿色油漆的铁船说，着火的是日本船，是咱雁翎队打胜了。

菱子的眼泪打着转儿。

夏俯下身，刮了一下菱子的鼻子说，你不愿意咱们的队伍打胜仗啊，呵呵，你不会是想当小汉奸吧？

菱子点点头，又摇摇头，眼泪像荷叶里滚落下来的露珠：我知道这是演戏，也愿意雁翎队打胜，可那黑烟，黑烟飘到了蓝天上，他们爱护荷花，为什么不爱护天空？我作文里还怎么赞美蔚蓝色的天空啊……

◀ 吴百万要存私房钱

我到一家小区物业当维修工，和两鬓灰白的吴百万做搭档，我尊称他为师傅。先以为他本名就叫吴百万，后来才知道这是绰号。

"他有一百万？"我很吃惊，对于刚步入社会的我来说，无疑是天文数字。

"何止一百万，都涨到三百万的身家了！"花匠小张说。

原来是他家在市中心繁华地段，房子虽老，也一直打着滚儿升值。

五十岁的吴百万走在马路上，有人喊叔喊伯，可在家还是个可以跟父母撒娇卖萌的孩子，上有四位父母（含岳父母）。他不抽烟不喝茶，工资卡被他的百万富婆牢牢握在手里，下有两个烧钱机似的大学生。当然，他的百万富婆也是只挣不花的人，在一家酒店做保洁员。

小区物业的几个人无聊了就去喝酒，轮流做东。这天是花匠小张请，师傅推辞半天，还是被强行拉去了。

酒到酣时，几个人拿他开涮："吴百万虽有身家百万，可哪有我们穷光蛋潇洒？有钱人活得累呀！"

师傅就应付着假笑。

小张替他谋划："你卖掉房子，再去郊区买两套，住房宽敞了不说，还能有富余钱每天请我们喝小酒。"

师傅咧咧嘴："我是在那一片儿长大的，总觉得别处不是家，再说，换个地方，家里老人也不习惯。"

"也可以卖掉房子先租房住，拿这三百万投资做生意，滚雪球似的越滚越大，赚足了钱再回去买！"

"雪球要崩了，我们这几口人钻水泥管子啊？"师傅并不冲动，沉稳得像只背着房子的蜗牛。

师傅虽然外表毛糙，但是一个很细心的人，在很多方面能关照到每个人。这也是每次喝酒，大伙儿非要把他硬拖来的原因。慢慢我发现，每次聚餐回来，师傅会沉默上一天。

会有什么心事呢？

有天刚要下班，一个业主跑步找来，说家里水龙头拧不住了，直喷水。我们维修工其实是只管小区公共部分，不管各家各户室内的。但师傅二话没说，背起工具包就急匆匆地跟去了。

一会儿，师傅回来了，两眼放光地掏给我 20 元钱，说人家给的。我说："是感谢你的，我不要。"

师傅说："存你那里，攒多了再给我。"

我接过钱，一笑，他这是想背着他的百万富婆存私房钱啊。

干什么都怕有心人，自从师傅开始存私房钱，找他干私活的好像一下多起来，很快存到了 300 元，师傅出来进去嘴里哼着小曲儿。

存个小钱就乐成这样？真是有损几百万的身家！

这天，师傅接完个电话对我说："你再借我些，凑成 1000 救个急，我同学找我借钱，说要去谈业务，车开到咱们这附近没油了。"

工夫不大，一辆轿车停在了小区门口，来人从师傅手里接过钱，就走了。

我大跌眼镜：开这样的豪车借油钱？没带钱包可以刷支付宝刷微信啊！

师傅说："他自己开公司，别看这车外壳光鲜，是老二手车。"

"嗯，看他那一脑门子汗，怕是连空调也没开呢。"

过段时间，师傅的钱又攒到了 200 元，他急匆匆地找来："快把钱给我，一个抱着残疾孩子的外地女人跪路边求救。"

我说："这稀奇吗？你要想做这样的爱心救助，怕是卖掉你那房子都能舍出去。"

师傅眼圈儿竟然小孩子似的红了，说："我到过她们那个地方，的确有些落后，这点儿钱根本也帮不了她什么。"

好吧，我只能把他的钱拿出来给他。师傅感激地看我一眼，像是我救助了他一样。

师傅为了快速存钱，开始主动出击了，见到来物业办事的业主，会小声问人家：家里水电维修可以找我，下班后给你搞，收费绝对比外面低。

不知哪个业主反映给物业经理，师傅挨了批评，说绝不允许再出现这种情况。师傅虽然连连点头，却并没收手，再接私活儿就很谨慎，有刁钻模样的业主找来也不敢接。这样，师傅的私房钱很长一段时间也没涨多少。师傅更加闷闷不乐，同事们再请客，任凭说下大天来，也拉不去师傅。

终于有一天，师傅大声地对整个物业的人说，晚上他要请大家吃饭。

怎么突然暴富了？

他说是上次来借油钱的豪车同学把钱还回来了，另外还多付了 200，说是他的业务谈成了，感谢那天救了他的急。

吴百万终于请客了！要狠狠地宰他一刀！一行人闹腾腾地坐到餐馆。

刚要点菜，师傅接到了电话，脸一下白了，一把将我拉到外面，塞给我 500 元钱："你陪哥几个喝好，我得赶紧回家！"

"出了什么事？"

"我老娘刚跌了一跤，正送医院，怕是……脑出血了！"

我忙把钱推给他："那还吃什么，赶紧走吧！"

他坚决地把钱推回来："你代表我陪大伙儿吃好喝好，什么都不要说，我也要脸的，平时的工资都上交了，我存私房钱，就是想好好请大伙儿吃一顿！"

◀ 门前有棵树

明天是星期六。快下班的时候，局长看看台历说。

办公室方主任望着局长的脸说，是啊，寒冬过去，将迎来春暖花开的星期六。

局长呵呵地笑道，让你这么诗意地一说，我就想融入大自然了。

方主任说，明天我请你去钓鱼吧。

局长说，不去了，咱下面所里有什么情况没有？

方主任狠劲挠了挠头皮，终于一笑：局长，前天我去柳乡所，看门前的一棵大树枯了，我还跟他所长说要注意干树枝被风吹落伤人。你看，要不明天局机关（领导们）加个班，把那树给收拾了？

柳乡镇美丽富庶，镇内建设堪比县城，镇外有千亩杏林、千亩桃林、千亩苹果。眼下乍暖还寒，该是杏花飘香的时候。柳乡还有特色名吃全驴宴，赶上节假日，有专门从京津开小车来一饱口福的，吃饱了捎带踏青赏花。局长喉结滚动了一下，问，枯的是棵什么树啊？

不是杨树就是柳树，反正挺大的一棵，真要掉下树枝来砸人砸车，那损失就大了。

局长说，好，你赶紧写个报告吧。

方主任忙伏在桌子上写：

关于砍伐柳乡所门前枯树报告

为消除危及办公场所的安全隐患，拟组织局机关人员，利用假日去砍伐柳乡所门前枯树。需申请以下费用，望领导批准：

购买斧头、板锯、绳子等砍伐工具多件计 126 元

出动轿车一辆、拖工具皮卡一辆，共需加汽油 225 元

午餐补助 120 元

相关人员假日加班补助 668.50 元

写完了，交给局长审批。

局长边找笔边说，预算准确吗，可要经得起审核啊。

方主任说，相信我的觉悟，我都是按相关标准算来的，不会多报一分。

第二天一早，一行人到了柳乡所门前，门前连枯树的影子都没有。

局长说，树呢？

方主任额头立刻亮晃晃的，说，是啊，昨晚我是要通知所长的，不想他关了机。

所长小跑着出来，对着每个人点头：真是对不起，前天方主任来批评了我树的事儿，昨天下午我让村里的老乡给弄走了。

方主任问，多少钱啊？

所长说，100元。

方主任说，你看看，还花钱请人，咱自己人也是闲着。

所长说，是卖给他，他自己来挖去当柴烧。

不错不错，咱白跑了一趟没什么，这费用……咱自己摊了吧？局长望着方主任。

所长擦下额头，说，枯树挖走了，刚好种新的嘛，植树节眨眼就到，欢迎领导们提前来搞绿化。外面天冷，树苗已经安排人去买了，先去所里坐坐吧。

对，既然来了，咱就植树吧，我回去把报告改改。方主任边笑边看局长的脸。

局长微笑着摇摇头，好像很无奈地下了车。

太阳西斜了，一行人歪斜着回到车上，方主任从车窗内探出头来，指着门前的树坑，大着舌头叮嘱所长，星期一前，一定要把树种上。

所长说，放心吧，一定，一定。

◀ 出　逃
....

　　天黑透了，雷诺才一身泥土地从山沟里出来。汽车站里一片
漆黑，雷诺在门外徘徊张望了好一会儿，也没有往来的客车。他
叹口气，只好找家旅馆住下。

　　找了家便宜的小旅馆，老板安排他住进普通房间。雷诺进了
屋，里面已先住了一个人，那人正斜靠在床上看杂志，见来了人，
眼睛从杂志上移过来，笑笑：哪里来何方去啊？

　　雷诺疲倦地一边躺在床上，一边说，是山里采矿的工人，着
急回家，又舍不得耽误一天的工，下了班才往车站赶，山路崎岖，
紧赶慢赶，还是没能赶上最后一班车。

　　那人说，听口音，你是萨省的吧？雷诺点点头，说，是啊。

　　那人微笑出一口洁白的牙齿，说，我是尼克森林小镇的。

　　雷诺也惊喜起来，这么巧，咱是同乡！

　　那人问，你怎么来的这里呀？雷诺叹口气：你也知道，森林
小镇的森林经过几十年肆意砍伐，现在连棵树苗都没有了。连年

干旱，土地沙化，已产不出粮食。可要生存啊，我没啥特长，有的只是力气，就来这里的采石场，整天和石头打交道，待遇差不说，手机没信号，连个公共电话都没有。老兄，你是干什么的？

我是跑运输的司机，常年在这条公路上跑。今天累了，不想疲劳驾驶，就住下来明天一早走。干脆，你搭我的车回去吧，你只负责我们路上吃饭就行。

雷诺连忙称谢，说，我都七个多月没有回去过。

那人说，你们工资很高吧？雷诺苦笑笑，哪里高，累死累活的，只能勉强填饱一家人的肚子。儿子就要上小学了，可老婆还非吵着要再生个和她贴心的女儿。

你老婆和你在一起？

不，她在家，前几天刚寄来的信，催我回去。

那人又笑出白牙，是说她自己在家寂寞吧？

雷诺也笑了，说，她现在顾不上这些了，马上就要当妈妈了，我急着赶回去就是为了照顾她生产。唉，日子已经很难了，再多一张嘴可怎么过？这次我就跟工友们借了一些钱拿回去。

听到说生孩子，那人忽地从床上坐起来：咱们那里发生了一个特大的新闻啊！那个叫红松林的村庄，一个孕妇离预产期还有半个月就突然生了。

早产也算新闻？

问题是她生了6胞胎！我的天啊，真是太神奇了，方圆几十里都轰动了。

啊？这么稀奇？什么时候的事情？

三天前吧，人还在医院，听说母子们都平安，就是所有的医疗费用还分文未付，目前孩子们吃奶都是问题，全靠好心人送点奶粉来充饥。这也不是长法，要知道，咱那里没了森林和土地，每家每户的日子都很困难啊。

你听说是姓什么的人家吗？雷诺追问。

姓卡尔还是马尔？

卡尔？雷诺惊得一下坐起来，追问了一句。

可能是吧。那人边说边又躺到床上看杂志，对了，还有一个新闻，当然，已经不算新闻了，就是森林小镇超市枪杀惨案，你肯定听说过的。发生快有一年了吧？至今还没有破案。先是悬赏50万，现在上级限期破案，警察局加紧了调查，并且一下子把赏金提高到了500万！500万啊，谁发现了那个罪犯的线索就发大财了！你说罪犯会逃到哪里去呢？

时间过去好半天，也没听见雷诺回答。那人往对面一看，躺在床上的雷诺好像已经睡着了，身体却像寒冷似的微微抖动。听着雷诺忽长忽短的呼吸，那人细细地打量起雷诺。

第二天一早，那人喊醒雷诺，该上路了。

雷诺躺着不动，说，你自己走吧，我有东西忘在矿上，要回去拿。

那人说，你快去拿，我等你。

雷诺坚决地摇摇头，说，不用等，你走吧。

雷诺估计那人开车走远了，才起了床，收拾好行李，出了旅馆，走进汽车站。满含泪水地久久凝望通往家乡的汽车，然后毅然坐上了方向完全相反的汽车。

几个警察突然冲上来，后面跟着昨晚和他同宿的那人。那人朝他一指，警察快速把他摁倒。

雷诺奋力反抗着，你们想干什么？

那人眼睛里闪出金子的光亮，说，昨天急着回家，刚才又不走了，现在又反方向走，是听说正加紧破命案怕了吧？

雷诺说，放开我，我不是杀人犯！

雷诺越是挣扎，几个警察就摁得更紧。

那人摆出一副法官的模样问，那你为什么逃跑？

大颗大颗的眼泪滴下来。雷诺说，我不是坏人，但我是穷人，我是听你说了6胞胎的事情才铁心逃跑的。我就是红松林村的，村里没人姓马尔，而姓卡尔的，就我一家！

◀ 喝农药新编

老朱又喝了农药！

老朱在菜地里和老伴争吵后，回家喝了农药。等被家人发现了，人还能均匀地呼吸。老伴一通哭：我不就是说了句嫌你把菜卖便宜了吗？你个小心眼儿，值得寻死？

闻讯赶来的街坊四邻急急火火要送老朱去医院，老朱脸白白地摆着手：已喝下大半天了，不难受，死不了的。这样说着，人们动作就慢下来。等送到医院，老朱已经像平常一样精神了。

见老朱平安，人们都松口气，说，黑心的农药厂，又生产假药了。

老朱第一次喝农药是很多年前。那时老朱还是小朱，刚结婚，小两口还在磨合期，为点小事大打一架。小朱想不开，就喝了大半瓶农药。喝下就后悔了，跑到街上喊救命。当时交通工具差，人们用驴车一路颠簸着送他到三十里外的镇医院。医生仔细看了，却说没有生命危险。小朱喝的农药是伪劣产品。

捡回一条命，一村人敲锣打鼓地给农药厂送去面锦旗。没毒死人是好事，农药厂却因此被勒令停产整顿。后来产品质量虽然上去了，销路却好多年才好转。

　　老朱这次喝农药没死的消息传到农药厂，农药厂的领导第一时间主动上门，回收并封存了老朱喝剩的大半瓶农药，说带回去交技术监督部门检测。

　　检测结果出来：农药质量合格。

　　农药厂负责人又提了化验剩下的半瓶药回来，当着村人的面，把农药掺到食物里，让带来的试验动物吃了，动物当场死亡。

　　人们奇怪了，既是真药，老朱怎么没死呢？

　　老朱更奇怪，甚至开始自命不凡：没少喝呀，我怎么这么命大呢？

　　人们私下议论，别看农药厂拿回来的半瓶药毒死了动物，老朱不死，肯定还是农药的质量原因。

　　农药厂很重视这样的言论，要知道这方圆几十里都是蔬菜种植区，农药销量大得惊人，再不能让传言毁了来之不易的产品市场。为把老朱不死之谜查个水落石出，农药厂不惜血本，从大城市请来几位权威专家，会同本地质检主管部门，共同调查。

　　专家们忙了几天，先从农药厂的原料及生产加工查起，后来就围绕老朱开展工作，又是询问又是抽血化验，还看了他在菜田的劳动，化验了他种的蔬菜。

　　专家最后在村里开现场发布会，宣布农药确是合格产品，可以放心购买。至于老朱没被毒死的原因，是老朱种菜已有二十多年，他每天都背了喷雾器给蔬菜打药，长期的接触让他身体里有了很强的抗体，所以他喝上几口农药可以做到毫发无损。

哦。人们明白了。

农药厂的领导终于吁出一口气。

专家们建议：咱少给蔬菜打点药不行吗？

老朱坚决地摇头：不行，蔬菜生长三要素，一浇水，二施肥，三打药，必不可少。特别是农药，两天不打就虫害成灾，蔬菜减产。

专家小心翼翼地问：咱这里种出的菜都卖哪里了？

老朱说：咱这里产量大，有专车来收购，贩子说销往各大城市。

哦。大城市来的专家们叹气后又摇摇头，望着过往菜农刚采摘下来的，看上去水灵可爱的蔬菜，身上起了层嫩黄瓜刺儿似的鸡皮疙瘩。

第七辑

时光影像

◀ 药三娘

药三爷是好郎中，方圆五十里妇孺皆知。

药三爷奇丑，年过三十，还没讨到老婆。

医药世家的药三爷从小定过一门亲，那定了亲的女子长到情窦初开的年龄，怀着激动的心情夹在看病的人群中，看了一眼站在郎中父亲身后的药三爷，回去几日茶饭不思，以死相逼，让父母退了亲事。药三爷的丑陋可见一斑。

光阴荏苒，年已而立的药三爷对婚姻心灰意冷，要将一生献给医学事业时，来了个眉心红痣奇俊无比的黄花闺女。

一年前，药三爷出诊路过苦水坞，见众人从水里救上一轻生女子，此女十八九岁，模样俊秀却肚大如鼓。此女家人以为她做下苟且之事，就逼她服打胎药，验方用尽，肚子却更大，人更羸弱，万般无奈，女子想一了此生。药三爷上前把脉，又看了眼睑舌苔，沉吟半晌才问，她去过南方？村人说，她跟随做丝绸生意的父亲去过湖广。药三爷说，那就是了，她这不是怀孕，是水蛊。

水蛊，在今天叫作血吸虫病，长江、汉水一带常见。女子患水蛊的消息传出去，附近的乡医都说，这病在江南也是难症，怕是吃下金山换来的药也难医活。说得女子一家心灰意冷，拒医等死。药三爷叹口气说，药费全免，医不活别让我偿命就行。北方无此病症，药三爷凭了医书验方亲煎亲尝草药后，才让女子服下。一年过去，女子的病竟然好了，不管药三爷是否同意，女子非要嫁给药三爷。

面对美女，药三爷相形见拙，说，我这耗子精转世的模样，怕是委屈你一生呢。女子说，命是你救的，人自然是你的。

一顶花轿把养得齿白唇红婀娜丰腴的女子抬进门来，成了药三娘。

娇妻以身谢恩，等于给药三爷的医术做了活广告，来找药三爷求医问药的更多了。真要说到药三爷医术的高明，绝不是天生聪明，一是源自勤奋好学，从《黄帝内经》到《本草纲目》，他都能倒背如流；二是他不拘泥古法古方，给病人开不常用的方子，他都要亲尝汤汁，试出毒性和药理反应，做到有的放矢。

婚后的药三爷开始发福，而芙蓉花似的药三娘却又一日日憔悴起来。

民国五年，瘟疫横行，病者先是上吐下泻，后是四肢抽搐。霍乱！药三爷第一时间做出诊断，有来诊病的，药三爷按古方开药：黄连10克，黄芩12克，栀子12克，大豆黄卷12克，薏苡仁25克，法半夏9克，通草8克，蚕砂10克，木瓜12克，吴茱萸6克，甘草6克，水煎服。然而，病者拿回药去服用，并无好转。药三爷意识到事态严重，这次疫情跟以往不同，用今天的医学术语讲，就是这次的流行病毒有了变异，再用以往的药方已经不能降服。情急之下，药三爷想请附近乡村的几个郎中一起会诊切磋，早日降服病魔。请柬还没发出，更坏的消息传来：周围村子的郎中已有数人染病身亡！

十里八乡一下炸了窝，面对疫情，人人自危。

药三爷一天一夜足不出户，把家藏医典古籍翻了一遍。药三爷决定在古人医方的基础上，广采众家之长，独创一方。药三爷熬制好了汤药，药三娘走进来，说，还是我来试药吧。

药三爷忙拦住，这几年来，我每制新方，都是你抢着试药，是药三分毒，穿肠如钢刀，还是我自己来吧。

药三娘说，你是郎中，这个关头，更不能有个好歹。

郎中不先舍了自己的命，怎么救别人的命？说完，药三爷端起药碗，一饮而尽。

不想此方用出去，依然收效甚微。街上不断传来有人病亡的消息。染了瘟疫的人，还没有医好的先例。药三爷再次研出一方，自言自语道，这回应该可以降服这个瘟魔了！方子放在桌上，却踌躇再三。三娘问，为何还不使用此方？三爷说，这次我加入了蜈蚣，想走以毒攻毒的药理。古方从没有过，我也无从下手，药量小了无济于事，药量大了又人命关天。时时刻刻都有人因疫故去，五方村只有150人，却已疫去了30多人，时间紧迫，难呐！

药三娘半日无语。傍晚时分，她悄悄地出去，去探望几户病人。疫情刚来时，药三爷就把院门关得紧紧的，不让她外出半步。

第二天，独居一室的三娘开始上吐下泻，她对三爷说，你把方子给我用吧，我也得了那病。

药三爷一惊，泪珠瞬间滚落。

药三爷调整着药方和剂量，三娘一碗一碗地喝下汤药。

奇迹终于发生了，药三娘成了第一个病愈的人。

瘟疫终于在这块土地上被击退了。药三娘病虽好了，却因服药量过大，羸弱不堪，久卧病榻。任药三爷百般阻拦，获得重生的人们硬是要在子牙河畔，挨着龙王庙给药三爷建一座生祠，来感谢他的活命之恩。

生祠建好了，规模不大却香火旺盛，门上挂着"再生之恩"的匾额，进得门去，两边挂满各式的谢恩牌匾。香烟缭绕的神位上不见药三爷，却是一尊菩萨般的女像，那女像体态丰腴，面白唇红，眉心有痣。

◂ 皇上驾到

周小贵万万没有想到，在他当伙计的刘公馆里，能遇到皇上。

公馆有几间房子挂牌招租，不久，两个说官话的男子就住了进来。小贵看得出来，他们是一主一仆，主子年方三十，儒雅俊逸举止高贵；仆人已过中年，举手投足毕恭毕敬。二人来了几日，并不出门，周小贵从他们房前经过时，能听到青年京腔京韵的读书声。

这天早上，小贵再次从他们房前经过，门半掩，看见仆人正跪在地上三拜九叩地请安。周小贵忙止住了脚步。仆人叩完头，提着尖细的嗓子说，主子，您该读诗了。周小贵见床上铺着他们自己带来的被子，金黄黄的，上面绣着团龙。桌上摆放着他们自己带来的金黄茶碗，上面张牙舞爪着飞龙。

周小贵跑回去，跟老朱说了。老朱也是伙计，跟小贵吃睡在一起。老朱眼睛瞪圆了问，你看清楚了？

这时刚好刘员外踱步出来：你们两个，嘀咕什么？

两个人一五一十地讲了起来，说他们所有用具上都有龙。刘员外说，你马上给他们送去开水，顺便细数一下龙是几个爪的？

老朱说，还是我去吧。就噔噔地走了。

老朱回来说，我数了，所有的龙都是五爪的。

五爪金龙？是皇上？皇上！只有皇上才能用五爪龙的器物！刘员外说。

别人没有用的？小贵问。

别人？刘员外伸掌做刀状，横在脖子上一比，僭用圣物，谋篡论处，那可是掉脑袋灭九族的！你们小心伺候着，我去报告知县大人！

陈知县听了刘员外的讲述，很兴奋也很诧异。江夏县离京城太远了，两千多里路，怎能说来就来了？想当年乾隆下江南，那可是旌旗招展锣鼓喧天，提前多少天就通知沿途官府净水洒街黄土铺路地恭迎圣驾，这到了光绪帝下江南，怎么悄无声息？转念一想，也可能是慈禧太后管得紧，光绪帝从瀛台溜出来不敢声张。不过，如果真是皇上，应该是太监陪同。知县跟刘员外说，你马上回去探明仆人的身份。

刘员外让老朱邀那个仆人去澡堂子泡澡，不想仆人竟满口应允，一起去池子里泡到天黑。回来后，平时伶牙俐齿的老朱都结巴了：看、看清、清楚了，他、下边儿……

晚上，老朱吹熄油灯后说，小贵呀，咱们命中注定要大富大贵。

小贵说，怎么呢？

老朱说，这皇上驾到，咱们把他伺候好了，就会有享不尽的荣华富贵。

小贵说，人家不是有太监伺候吗？哪用咱们啊？

老朱说，你真是个孩子呢，咱把他哄高兴了，他会给咱封官晋爵，皇帝开金口，起码是七品，你不想当官？

小贵说，我不想，我都20了，只想着再挣几年钱，先成了家。

目光何其短浅！老朱文绉绉地说，仿佛已经官服加身。

老朱翻个身接着说，我那闺女，到年也18了。小贵脸一红，以为老朱又要说将女儿许配给他。之前老朱喝醉时说过几次，只要小贵多给彩礼，就把女儿许配他，不过酒劲儿过了，就不再提。

老朱说，我女儿可不是一般的漂亮，多少人家要下聘礼，我就是不应。女儿小时候算过卦，说是娘娘命，没想到，真的应了。

第二天一早，刘员外坐上轿子去向陈知县禀告此事，心急火燎的老朱把自己的全部积攒拿出来，又借了小贵一些，兑成十两一锭的纹银，悄悄地塞给那仆人，然后由仆人领着，去给青年三拜九叩。青年倒也和颜，跟老朱聊了几句，老朱说，家中一女貌美如仙，尚待字闺中，愿意来此伺候圣上。青年一笑：弄来瞧瞧，朕再定夺。

老朱又找小贵：把钱再借我点儿。

小贵说，还干什么啊？

我回临湘老家，把闺女接来，献给皇上。

小贵说，那你和皇上要路费不就行了？

老朱说，可眼下不好跟皇上开口啊。我当上国丈，自然金银遍地，还让你吃亏？

小贵心里不高兴老朱把许给他的女儿又献给皇上，就说，没钱。

老朱"切"的一声：没有拉倒，有你小子后悔的时候，我去外面借，借完钱我马上回家。

小贵说，你不等东家回来告个假？

告个屁，以后还不知道是谁伺候谁呢！

老朱走后，院子里一下热闹起来，一拨一拨的人来叩见，一拨一拨的人送来古玩玉器金银财宝，仆人都一一收纳。小贵想，肯定是老朱出去借钱时传扬出去的消息。

午后，小贵见刘员外领了几个穿官服的人来，其中有陈知县。陈知县叫来几位在京见过光绪的官员，众人从窗外偷看了，都说跟皇上极为相似。陈知县忙去问安。陈知县说，想知道圣驾临幸何为。青年的手有意无意地搭在一方玉玺上，眼皮都没抬地说：见张之洞，方可透露。张之洞是湖广总督啊，这口气之大，可见真是皇上。

接下来，来公馆送礼的人更多了，其中以候补的官员居多。礼品堆满了他们租住的房间后，他们又租下了相邻的两间房子，不过，这次刘员外没有收他们的租金。

几天后，老朱用一顶花轿接来了花枝招展的女儿，却没有见到青年和仆人，他们真的被总督府的兵丁请去了。老朱擅自把女儿安顿在青年的房子里，就迫不及待地去了总督府。

总督府外的旗杆上，两颗人头高悬。

二人真从皇宫里来，中年是守库的太监，偷了宫里的物品；

青年叫崇福，是宫里唱戏的伶人。二人一起跑出来，打算捞几笔外快。他们第一站来到江夏，不想就被总督识破，丢了性命。

讨债的人把老朱逼得跳了江。为给女儿做行头，他借了很多债。

小贵拦下要卖人抵债的债主，变卖了老家沙嘴的十几亩水田，替老朱偿完债务，领着老朱的女儿，回到了汉江边，从此漂泊江上，打渔为生。

这年，是光绪二十五年。

◀ 1907 年的影像合成

　　陈三儿回到了慈惠墩。他放下背上的行囊，钻进两间祖屋，清扫了灰尘，请人补了瓦，把行囊打开，在残了腿的床上铺好被褥，算是找到了家的感觉。而少了被褥的行囊，已空去大半。

　　表弟闻了音信，转天从胡家台赶来看他。瘦小的陈三儿拉住他的手，说，啥也没挣下，人就老了。

　　表弟说，可你有手艺，一手好技艺。

　　啥用，一辈子连老婆都没讨上。

　　陈三儿十几岁就去上海当学徒，先是学了十年画像，后来又去一家照相馆学徒，当时照相刚传进来，是新鲜玩意，不过生意却不是非常火爆，因为流传一个说法，说照相时照相机咔嚓一响，轰地一冒烟，血会被吸走，天长日久，人便四肢无力，羸弱不堪，底版（胶片）上人影发红就是吸血的证明。陈三儿聪明颖慧，在照相馆待到十年头上，从照相到洗相，就都掌握得娴熟。来的老顾客都愿意找他，说他照的相比本人还好看，说他洗的相更好，清晰传神，层次分明，连脸上的汗毛都能看出来。

听表弟说到他的好手艺，陈三儿来了精神，打开行囊，拿出一沓照片，瞧，这是我第一次给人照的相，是位很挑剔的阔太太，当时我手心里都是汗了；这是我第一次洗的相，太紧张，结果把正反面弄倒了……

表弟细眯起眼睛，边听陈三儿的介绍，边一张张欣赏陈三儿的作品。突然，他的眼睛睁大瞪圆，这是你给照的？

陈三儿接过一看，对，是我给做出来的。

做出来的？

是，这是我第一次做照片。那年，馆里来了位客人，拿出两张照片，让把两下的人合到一张照片上来。柜上说，还费这个劲，把人都叫来照不就得了？那人掏出张银票，往柜上一拍，少废话，给我做一百张出来，别看出假来。

两张照片交到我手上，我一看，一张照片上一个人，另一张是两个人。三人虽然面貌各异，但都眼眸明亮，气度不凡。以前我从来没做过这个，所以很小心，怕做不好，毁了人家的照片。经过整整一天的拼接、挖补、手绘、翻拍、冲洗，三人合影终于做成了，我也累瘫在地上。等客人来取照片，见本来毫不相干的三个人坐在了一起，中间一位的手还搭在左边人的手上，那亲密劲儿，真像是金兰结义的好哥们儿。客人满意地连声说好。

表弟惊得目瞪口呆，半天才问，你认识照片上的人吗？

陈三儿摇摇头。

表弟说，你知道这张照片闹出多大动静吗？

陈三儿又摇摇头。

表弟说，我原本在总督岑春煊手下当小师爷，虽然只是帮着抄抄写写，可也衣食无忧。后来，岑大人被人弹劾，头上的顶戴没了，我们这些在他跟前的人也作鸟兽散了。

陈三儿一摆手，和我草民说这些干什么？

表弟说，当年岑大人被人弹劾，罪名是他和维新派私交甚密，要知道慈禧皇太后最恨这些人。慈禧接到奏章火冒三丈，当场下懿旨罢免了岑大人，可怜我们大人，正在赴任两广总督的路上。当时我很疑惑，岑大人身为朝廷重臣，怎么会和这些维新乱党混在一起？

陈三儿说，这就叫知人知面不知心啊。

表弟说，弹劾岑大人的证据是一张照片，这张照片上，岑大人和闹维新的梁启超并肩而坐。

啊？陈三儿张大了嘴巴，你的意思是……我做的这张照片到了紫禁城，并且还到了慈禧皇太后手里？

表弟点点头。

陈三儿如坠雾里，说，可这是为什么呀？

当年朝中谁的权势大？"南岑北袁。""南岑"是指我们大人，"北袁"是指袁世凯，去了"南岑"，朝中不就只剩"北袁"了吗？

陈三儿打个冷战，忙问，那后来呢？

后来，"南岑"从此一蹶不振，"北袁"得以步步高升。再后来，你是知道的，大清国倒了，"北袁"当上了中华民国大总统，还做了几十天的皇帝。

一片沉寂。屋顶坠下一坨灰尘，响亮地打在陈三儿的肩头，陈三儿一动没动。

　　好半天，陈三儿才长叹一声，拿起照片看了又看，问表弟，哪位是岑大人？

　　表弟说，中间的一位，和他牵手的就是梁启超。

　　陈三儿把照片端正地摆好，朝照片磕了三个响头，目光定定地在空中呆滞了半天，然后慢慢地划燃了一根火柴。

◂ 小 青

小青绝对是受了刺激，每晚听着从新民乐园歌舞厅隐约传来的音乐，把樱桃小口涂抹成妖冶的红。

汪海看在眼里，急在心上，和小青商量，我把你送回慈惠墩吧。

小青摇摇头。慈惠墩是小青老家。

汪海急得眼泪差点流出来：那你现在怎么办？

小青面着窗，背对着汪海。听汪海这样问，缓缓地回转头来，给汪海一个暧昧的笑，一个字一个字地说，我要去——新——民——乐——园！

汪海说，你真是受了刺激，走，我送你回家。

小青说，我不要你管。

汪海说，妹，师傅没有了，我就是你的亲哥。

我不是孩子了，你管好自己就行了，我不劳你费心。

汪海说，我把你送回家后，我也离开汉口。

小青语气平和下来，说，你走你的，我会照顾好自己。

汪海说，你一个女孩子在大汉口这么乱的地方，有个三长两短，我对不起师傅。

小青笑了一下，你师傅一个大男人，不也没照顾好自己嘛。

汪海一字一顿地说，师傅是不想当汉奸、不想当亡国奴。

师傅遭遇的不测，源于新来的汉口市市长。新市长叫张仁蠡，是清末两广总督张之洞的第 13 个儿子。张仁蠡上任的第一件事就是向日本人表忠心，别出心裁地把汉口地标性建筑江汉关上的大钟调快，调成日本东京的时区。谁知没出两天，大钟瘫痪停摆。上司威逼着赶快修钟，修好后，指针指的是东京时间，钟声却是乱响一通。上司忙让停下来再修，终于修好了，钟声和指针不一，敲出来的是中国时间。张仁蠡恼羞成怒，吩咐手下彻底严查，负责大钟日常养护的师傅被投进监狱，折磨致死。这师傅就是小青的父亲。

找张仁蠡报仇！可张仁蠡是好接近的？白天在戒备森严的市政府里，只有晚上，才会出来寻欢作乐。小青先是以泪洗面，后又出奇地冷静，再后来，就花枝招展的，特别是嘴唇，每天涂抹得红艳艳的。十六七岁的女孩儿脸红得像玫瑰花，还要再涂胭脂吗？况且在这种时候！亏得她能有这份心情。

汪海说，我真的要走了，我要去当兵，去打日本人，走之前，我要先把你安顿好。

我挺好的，你照顾好自己就行了。

汪海摇摇头，真不知道你怎么想的。

小青笑了，笑得花枝乱颤，早跟你说了，我去新民乐园！

汪海看看小青，你是想，想？

小青笑而不语。

汪海说，别做傻事，太冒险了，那里戒备森严，连一根铁都带不进，你怎么报仇啊。汪海也耳闻张仁蠡总去新民乐园偷着抽大烟，然后搂美女跳舞。

小青说，是的，我都知道，所以，我……

小青撅起如花的红唇。

汪海叹口气：既然我拗不过你，那你保重自己吧。

哥！小青抱住汪海：无论什么时候，无论走到哪里，咱们都不能忘记给我爹报仇。

小青透过窗子望着汪海的背影，边挪动舞步，火般红艳的嘴唇边吻向掌心的一只小白鼠。小白鼠突然四肢抽搐起来。

三年过去，小青望着脚边瞬间无声无息倒下去的大黄狗，露出笑意。

清纯美丽的舞女小青推开了新民乐园歌舞厅，处子初秀，惊艳四座。

第一天，小青虽然舞遍全场，张仁蠡却没有出现。

第二天，一双目光紧紧地盯住舞成玫瑰花似的小青，却没有任何举动。

第三天，小青的唇涂得更红更艳，让人垂涎欲滴。不过今天小青感到头晕目眩，她在唇上涂了从没有过的超大剂量。一曲舞罢，霓虹闪动中，小青发现，张仁蠡正一步一步朝她走来。小青强打精神，她已经看清楚张仁蠡色眯眯的眼神了，小青的心狂跳起来，全身无力的她微笑着望向来者。还有十几步的距离，张仁蠡就会握住她的手，揽住她的腰了。小青暗暗提醒自己要冷静，要稳妥地实现她潜心几年的计划。五步，四步，三步……突然，斜刺里冲过来一个酒气熏熏的日本浪人，一把抱住小青纤细的腰肢舌头僵硬地说，美人，陪我跳舞。边说，边飞快地强吻小青的脸，强吻小青的唇。

小青挣扎着，日本浪人蹒跚着脚步，边跳边唱，突然一下，仰面倒地。

舞厅一片大乱。

混乱中，小青四下寻找，张仁蠡已经不见了踪影。

小青踉跄着，朝刚才张仁蠡来的方向追去……"啪啪"，两颗子弹迎面飞来。

全国解放后，张仁蠡以汉奸罪被人民政府处决，军管干部汪海亲眼看见了这一切。

◀ 关二爷

都说孙家娶来的不是媳妇，是爷。

孙家在茅庙集是数一数二的富户。孙公子在汉口读的洋学，娶来新派女子是顺理成章的事。

孙公子成亲，是轰动茅庙远近的一件大事。铁蛋那时还是孩子，跑前跑后看热闹。提前几天，亲朋好友远亲近邻都到了场，喜棚从孙家门口一侧搭出去，足足搭出一里远，喜棚内是流水席，不论时间，不论亲疏，往那一坐，随吃随走。铁蛋家虽穷，却是最近的本家，铁蛋那几日吃得每天往厕所跑几次。

成亲的日子到了，在人们翘首期待中，送亲队伍终于出现。前面锣鼓唢呐开道，后面是二十几辆拉着大红陪嫁的车紧紧跟随，再后面应该是花轿了，却没有，而是四个国民党骑兵，护卫着一匹枣红马，马上端坐一位头戴礼帽身着雪白西装的青年才俊。新娘呢？大伙都以为花轿落在了后面，不约而同地朝送亲队伍后面张望，却没丁点儿花轿的影子。队伍到了孙家门前，青年跳下马来，人们才恍然，原来马上端坐的，就是新娘子。

谁家新娘扮成男人啊，谁家新娘穿白色衣服啊？这件事一下子传遍方圆十里，都知道孙家公子娶了位爷回来。新娘姓关，是汉口一个国民政府官员的二小姐，人们背后称她关二爷。

关二爷人长得秀美端庄不说，还透出一股豪气，她的美鹤立鸡群无与伦比，是不同于常人俗见的脂粉之美。当时附近的人们以见到过关二爷为荣。新婚宴尔，小夫妻在房间里恩爱，门外街心巷口却站满了欲一睹芳容的闲人。有时站上一整天，也不见二爷出门。铁蛋是见过关二爷的，铁蛋的头还被关二爷细软的手摸过，还问他叫什么名字。铁蛋儿先怯怯地叫了声"嫂子"，才说了名字，关二爷就记住了。

关二爷进门不到一年，公公婆婆相继辞世。人们就说，看，这都是成亲穿白衣服造成的，妨死了公婆，别看人俊，其实是丧门星。听的人就反驳：孙家老夫妻一个是多年的痨病，一个风瘫卧床，每天吸溜半管子气儿，这能算在媳妇身上？

守孝在家，关二爷不穿雪白的西服了，整日里墨黑的绢纱素裙，闲来无事，把丫鬟仆人聚在一起，打起麻将。二爷手气极好，赢的下人们谁都不愿意陪她玩，尽管桌子上流通的都是二爷掏出的钱，输的却是自己的心情啊。

关二爷上了瘾，就去外面赌。去哪里？先去茅庙集上的茶馆。不想两天过去，没了对手。一是二爷赢多输少，二是与二爷同桌打过几圈牌的汉子们，回到家里，就被老婆紧紧地关住，再不放出来。

二爷就骑了枣红马，去几十里外的新沟镇赌。

二爷恢复了西装礼帽的行头，带上一个仆人，仆人挑着一副空篓，早上出去，晚上回来，前后已是满满的两篓银元。进了茅庙集，见到老人孩子，西装下双乳微颤的二爷会拣出几块银元，叮当地散出去。每个傍晚，等候二爷归来的老人孩子，成了茅庙一道特殊的风景。铁蛋儿一共得到过五块银元，拿回家，都被妈妈宝贝似的收了去。

终于有一天，二爷的篓子空着回来了。第二天，几个仆人跟随二爷出去，每人挑着一担把扁担压弯的银元。第三天，同样是这样。

二爷开始卖地了，卖地的银元装进篓里，一担一担地挑出去。赌是无底洞，孙家的几顷良田顷刻付诸东流。

二爷的手气再没好起来，变卖完田地后，又开始变卖房产，一所大宅院也易了主人，仅留下安身的三间草房，变成的白花花银元，被讨上门来的十几个汉子悉数挑去。如此的败家大手笔，邻里们也没听到孙公子和二爷争吵，倒是看见孙公子傍晚时分还去了小酒馆，用食盒拎了四样菜，一溜香味儿地提回家，摆在院中的小桌上，和二爷月下对酌。

唉，这么美的女人，怎么是个败家娘们儿呢？

没过几天，两个人都不见了。有人说他们去了汉口躲债，有人说他们出外谋生。后来，还有人说，在陕西的延安看到了穿灰布军装的他们。不过，整个茅庙集甚至柏泉镇，再有给孩子定亲的，大人先问，女伢漂不漂亮？漂亮的俺家可不敢娶，怕像孙家！

关二爷和孙公子再没回过茅庙，茅庙也渐渐忘记了她们。铁蛋却时常想起关二爷细软的手，想起那手递给他的叮当响的银元。

时光到了 20 世纪 60 年代末，茅庙来了一男一女，找到已经是大队书记的老铁蛋，亮明身份后，从随身的绿挎包里掏出两只骨灰盒，要求葬在孙家祖茔。一脸核桃纹的铁蛋不屑地瞥了半眼骨灰盒，长叹一声：你妈把你家祖上那么大的家底儿都给败了。来的男女异口同声说，不是那样的，我母亲是以赌博为借口，变卖家产暗中资助了共产党和游击队，她是革命的，我父亲也是。

哦？这么说，他们真是去了延安？那他们是为革命牺牲的？

男的眼里噙满泪水：他……他们，当年为革命散尽了家产，为革命出生入死，前几日却突然被打成混进革命队伍的特务，说他们变卖家产是为了换取组织的信任，他们不堪身心侮辱，就……您给找两把铁锹就行，我和妹妹悄悄把他们埋在祖坟吧。

铁蛋听完，呆愣半晌，把两只骨灰盒整齐地摆列八仙桌上，后退一步，深深地鞠了三躬，说：我召集全体族人，给他们出大殡！

第八辑

蓦然回首

◀ 灯火通明的小巷

大头把清风巷搅浑了，连风都不再是清风了！三爹愤愤地说。

是啊。是啊。老邻居们都附和着说。

该管教管教这小子了，不然对不起他死去的爹妈。

是的，是该管教了，自从大头出了校门，就像脱了缰的野马，这清风巷就没消停过。大头常常带了乌七八糟的朋友，夜晚聚到清风巷，又唱又跳，闹个通宵，搅扰四邻。清风巷自古静谧祥和，相传蘅塘退士孙洙居官县令时择居在此，白天衙门理政，晚间编纂《唐诗三百首》，图的就是安静。

怎么管？三爹虽是这样说，可心里没个谱。大家都是看着大头长大的，父亲矿难，母亲绝症，留下这么个苦瓜，这些年不就是东家一把米西家一件衣地拉扯大的吗？大头大了，泛着青光的大脑袋新添了刀疤，看了不由让人打个哆嗦，已不是小时候谁见了都想抚摸一把的可爱的大圆脑袋了。三爹找去理论，大头垂着头没说啥，可那帮狐朋狗友们却白眼直翻。第二天早起，三爹门上被涂满了狗屎。三爹火冒三丈，却被老伴拉住，忍一口气吧，可别再招惹小兔羔子们，这些愣头青，躲还来不及呢。

吵扰不说，每家院子里又开始丢东西。三爹又骂，兔子还不吃窝边草，兔羔子变成狼羔子，偷到自家巷子里了。三爹又要找了去，老伴忙拦下，你老了，忍一步吧，不招惹他们，多防范就是了。于是，小巷内每家每户都养起了狗。街头巷口见到大头，都侧个身，像避瘟神一样。年轻的嫂子们还会对着大头们的背影骂上一句，早晚让法院逮了去！

小巷里突然安静了下来。邻居们奔走相告，大头进去了！大头进去了！呵呵，大头真被逮了去！晚饭的时候，小巷里飘荡出各种诱人的菜香。陌生人走来了，会提提鼻子，在心里纳闷，这是什么节日啊？

没过三年，大头出来了。

大头回到了清风巷。人们心里都是一紧。

然而，清风巷却依然安静。慢慢地，邻居们都知道了大头的情况，大头在改造的林场里立了功，回来后在附近的一家按摩医院上班，是政府给帮助安排的。大头每天清早从家里出发，直到每晚九点钟以后才回来，街坊们会悄悄地站在远处望着大头的身影呆呆愣上一会儿神。

从此，每天三爹会起得很早，拿把大扫帚，从巷子这头唰唰地扫到那头，扫得很仔细，没有一丁点儿的砖头瓦块。三爹放了扫帚，洗完手脸，才会听到大头轻轻地推开他家的铁门，在新扫的地上踏踏踏地走过。三爹脸上就露了笑容。晚上的小巷历来是一片漆黑。巷子太窄，装不下路灯。巷子里的老住户们也都熟悉了这漆黑，也对巷子里的每一块地砖都了如指掌。不过，自从大头回来后，每晚九点之前，家家户户的门灯会依次亮起来，小巷里灯火通明。在大头踏踏踏地走过之后，每户的门灯再依次熄灭。

终于，大头知道了这个秘密，敲开巷子里每一家的门，说着差不多相同的话：晚上不要再开门灯了，开了对我也不起作用。谢谢你们了，谢谢爷爷奶奶伯伯婶婶！

听了大头的话，三爹的泪在眼窝里转了半天，还是流下来。是的，大头在劳改的林场扑救山火时，失去了光明，现在他走在小巷里是分不清白天黑夜的。大伙儿都答应着大头，但小巷每晚依然亮如白昼，三爹和邻居固执地认为，有了灯光，大头的脚步就能更稳健一些。

大头是他们的孩子，是小巷的孩子，小巷永远是温暖的，灯火通明的清风巷啊……

◀ 三个圣诞节

妈妈把豆豆从幼儿园接回来，豆豆就一直问，圣诞老人有多老？比我爷爷大几岁？不然胡子怎么全白？老师说，只要我们写好字，讲卫生，助人为乐，圣诞老人就会在圣诞节晚上偷偷来看我们，还给我们送礼物！老师说的我都做到了，不过我担心，他那么老，路又远，能来看我吗？

夜已经很深了，豆豆房间里的灯还亮着。妈妈喊他，快睡吧！豆豆说，好的。

第二天，妈妈来喊豆豆起床，一推门，一股寒气扑面而来。窗子开着一条缝，几床被子下面，豆豆蜷缩成了一团。

"豆豆，你怎么开着窗子睡？"

豆豆鼻子嘟囔着，连打几个喷嚏，衣服都没来得及穿好，就从床上跳起来，小跑到窗前。妈妈才注意，一只色彩斑斓的袜子挂在窗子的缝隙处，风吹进来，袜子飘动着，像冷得颤抖。

豆豆登上凳子，把袜子拿下来，撑开了往里面看，空空的，什么都没有。豆豆又把袜子口朝下抖了抖，袜子像一只喜鹊的尾巴，轻盈地上下摆动着。瞬间，豆豆的眼泪珠子似的一对一对滚落下来："妈妈，是我不乖吗？"

妈妈问："怎么了，我的宝贝？"

豆豆说："圣诞老人会给每一个好孩子礼物的，可是，可是里面什么都没有……"

原来昨天是圣诞节呀，蓝领阶层的爸爸妈妈从来都是忽略掉这个洋节日的。妈妈望着泪眼婆娑的豆豆，不知该怎么劝阻住他的眼泪，说圣诞老人是传说是假的？那可是撕毁了孩子童心深处的美好啊。

"你很乖的，可能圣诞老人离我们太远，天气又冷，今天晚上才会送到吧。"妈妈只有这么说。

豆豆摇摇头："今天送来的那还是圣诞礼物吗？一定是我不够优秀，他才没来送给我礼物。"

"怪妈妈，都怪妈妈，那怎么办呢？等明年吧。"

豆豆擦了眼泪，说："也好，那就等圣诞老人明年给我送礼物吧！"

第二年的圣诞节是和暴风雪一起来的。豆豆担心着，这样恶劣的天气真的会影响圣诞老人的如期到来。不过，再大的风，再大的雨，他还是愿意相信圣诞老人会来的。他担心自己的袜子太小，装不了多少东西，就偷偷把爸爸的大袜子拿来，依然挂在窗子上。只是妈妈不允许他开窗，妈妈说，圣诞老人是从天而降。妈妈在前一天问豆豆，想让圣诞老人送你什么？豆豆说，他那么远来，带太多东西会很重，送我一个小蛋糕就行。深夜，妈妈和豆豆都睡熟了，爸爸还没回来。爸爸开公交车，每天回来很晚，今天这样恶劣的天气，会比平时更晚。

第二天，豆豆早早地从梦中醒来，往窗前一看：袜子竟然不见了！怎么回事？难道圣诞老人不但没送礼物，还顺手拿走了袜子？

妈妈也醒了，来看豆豆。豆豆委屈地说："袜子不见了，难道是圣诞老人在告诉我，我不配等候他的礼物吗？"说着，眼圈儿变红了。

妈妈去拍熟睡中的爸爸："袜子和蛋糕呢？"

爸爸惺忪着眼睛："昨天我回来，去看豆豆被子有没有盖好，见他把我的袜子挂在窗上，里面还恶作剧地装了蛋糕，真是调皮。"

"快把蛋糕交出来吧，那是圣诞老人给豆豆的礼物！"

爸爸脑子还没转过来，说："什么圣诞老人给的礼物？不就是你在咱家对面超市里买的？当时肚子正饿得狂叫，我就吃了。"

"你呀你呀，"妈妈咬牙切齿地点着他脑门，喊豆豆，"圣诞老人真的送来了礼物，只是让你爸嘴馋偷吃了！"

爸爸这才睡意消失，脸红成羞答答的石榴花，说："豆豆，爸爸不知道那是圣诞老人专门给你送来的，原谅我吧！"

豆豆呢，眼泪在眼眶里转啊转，还好，没有流下来。

离第三个圣诞节还很远，妈妈和爸爸就问长高了很多的豆豆今年想要圣诞老人送什么礼物。读小学一年级的豆豆边写作业，边漫不经心地摇摇头。

圣诞节终于在爸爸妈妈的期盼中来临了，他们买了一棵小小的圣诞树，放在豆豆窗前，上面挂满闪闪烁烁的彩灯，当然，还挂了爸爸的大袜子和豆豆的小袜子。豆豆看他们虔诚地准备，都差点咯咯地笑出声来。

天亮了。是的，聪明的你猜到了，圣诞礼物隆重地等候着梦中醒来的豆豆。巧克力水果小蛋糕是放在豆豆书桌上的，一摞美丽的世界风景画片和英语卡片是放在小袜子里的，爸爸的大袜子里呢？塞得满满的糖果下面，是一只名牌学习机！

妈妈夸张地大叫："豆豆快看，好多圣诞礼物！"

爸爸也惊讶地说："圣诞老人真的没有忘记你！快吃他给你送来的蛋糕吧。"

豆豆一边穿衣服，一边平静地打量着这些礼物。

"你不是很早就盼着圣诞老人把蛋糕送给你吗？快吃吧。"

"我是一直希望圣诞老人把蛋糕送给我，可我是想再送给爸爸，后天不是爸爸的生日吗？"

"那让我们谢谢圣诞老人吧，今后你越优秀，他就会送来更多的礼物！"

"别骗人了，我知道，这些东西都是你们买给我的，不是圣诞老人。圣诞老人是传说，不但我不信，我的同学们也没谁还会相信，我们长大了，让这些传说去骗那些小孩子吧！"

妈妈看了一眼爸爸，爸爸看了一眼妈妈，又一起望着胸前红领巾飘扬的豆豆，心里一下失落落的。童年，旭日初升的童年，很多美好的童话翻过去，就再也无法重读啊⋯⋯

◀ 化　蝶

春江伯坟上的土还没干透，娘也一病不起。

娘把建伟叫到床前，说，儿啊，娘有一个秘密和你说。

建伟拉住娘的手，娘，养病要紧，等你病好了再说。

怕是好不了了。娘蜡黄的脸突然红了一下，你也听到过一些流言风语。

是的，建伟从小就听街上的人嚼舌根，说娘和春江伯相好。他不懂什么意思，后来大了些，再听谁说，就跟谁拼了命地打架。被打的小伙伴就说，我说的真话，你凭什么打我？有次见春江伯溜进他家，建伟就悄悄地爬上门前的树，从窗子里看见娘的床上，春江的白屁股一拱一拱地动。脸怪黑，屁股却白。建伟奇怪地想。

你爹是老实人，可他家对不起我。娘接着说。

爹实在老实得窝囊了，老婆跟人相好，会丝毫没察觉？

你爷不是省油的灯。本来娘和你春江伯都快成夫妻了，你爷当时是村主任，我和你春江伯的好姻缘啊，硬是被拆散。你春江伯为了我，一生未娶。我想，我死后，要圆他一个心愿。儿啊，你是孝子，能听娘一句话不？

娘，你说吧，是给他立碑还是修坟，我都舍得花钱，只要你高兴。

娘死后，不要你花钱大操大办，哪怕是用个纸箱子装了娘的骨灰，只要能和春江埋在一起，娘也知足。你春江伯临死时也说，咱活着不能是一家人，只有死后，像梁山伯和祝英台那样，化成蝴蝶再相聚了！

娘啊，那俺爹呢，你和春江伯葬一起，俺爹不孤零零地一个人了？

儿啊，你春江伯对你好呢，你从小穿的戴的，好多都是他买给你的，只是瞒着你不知道。

他再对我好，我也不能做对不起爹的事情，他一辈子老实得连个屁都放不响。

是你爹对不起娘，他耽误了娘一辈子的幸福啊。他活着，娘在吃上穿上没有亏待他，和他做了一世活夫妻，娘死了，你就满足娘的心愿吧。

建伟说，娘啊，我只知道爹要和娘葬在一起的，哪怕春江伯对你再好。

娘叹口气，儿啊，你照照镜子，看哪一点儿像你爹？你真不知道自己是谁的儿？

是的，建伟十四岁时就和爹一样高了，爹矮小。又过了三年，他才勉强追齐了春江伯的个头。建伟赧红着脸对娘说，娘啊，病

把你烧糊涂了，什么事等你好了再说吧。其实建伟早就听见这样
的传言，不谙世事的他有次还问爹，说，我是你儿子吗？爹一怔，
问，怎么？建伟说，有人说我是春江的种。爹哆嗦了，谁说的我
去找他，把他家的锅砸烂！建伟从没看见爹生过这么大的气。一
会儿，止了哆嗦的爹又抚着他的头说，不听外人狗嘴胡吣，你就
是爹的亲儿子，并且爹只有你这么一个亲儿子。从那儿，建伟再
没怀疑过自己的身世，爹对他好，用他特有的朴实疼他爱他。可
今天娘却自己说出这样的话来。

　　娘说，儿啊，一定要记住娘的话。

　　建伟说，娘啊，你放心，谁是亲爹，俺就把你和谁埋在一起！

　　娘吁出一口气，放心地说，你就是春江的儿子，你爹他不能
生呢。

　　娘走了，披麻戴孝的建伟在族人的簇拥下，风风光光地把娘
发送了。建伟把娘和爹合葬一起，还立了石碑，上面刻了"故显
考妣某某，某某"，下面是他的名字。

　　娘的祭日，建伟来到爹娘坟前，发现有只黑蝴蝶在坟前上下
招摇地飞舞，就折了树枝扑打，一直追到不远处的一座孤坟前。
那是春江伯的坟。坟前，长着一棵细细高高的蓬蒿，像一个朝远
处张望的人。建伟一下把蓬蒿拔起，折成两段扔在地上，愤愤地说，
老不正经的，让俺娘牵肠挂肚了一辈子，死了还这么闹腾，俺爹
老实，我可不老实，今天就算了，以后你再骚扰我娘，小心我扬
了你的骨灰，给俺爹出口恶气！

　　过些日子，建伟扛了锄从春江伯的坟前过，见坟前朝着他爹

娘坟墓的方向，又长出一株蓬蒿，已有膝盖高。建伟火冒三丈，把肩上的锄紧紧握在手上，怒冲冲走到近前，却见这棵蓬蒿不似先前那棵那么蓬勃，那么挺直，而是弯弯曲曲，好像顾虑重重，但还是坚定地向上长高长大。

建伟对蓬蒿愣愣地望了半天，把锄重新荷到肩上，脚步轻轻地绕过去。远远地眺望娘的坟头，叹口气，该去十八里外的栖霞宫问问吴仙姑，看阴间人的灵魂能不能离婚再婚呢？

◀ 爷爷的墓碑

小伟没见过爷爷。据说，爷爷很盼着有个孙子。

爷爷去世后好几年，妈妈跟随爸爸，到了现在他们居住的城市后，才有了小伟。

小伟听大他10多岁的姐姐回忆她和爷爷的故事。爷爷的大手怎么灵巧，带她去郊区玩，用高粱秆外皮儿编蝈蝈笼子，然后大清早去田里逮来蝈蝈关进去，摘黄艳艳的南瓜花喂它。

为什么在大清早呢？

大清早有露水，露水湿透翅膀，蝈蝈飞不起来。

那为什么还喂南瓜花呢？

它爱吃南瓜花，就像我们吃大鱼大肉一样。姐姐解释道。

哦。小伟明白了，眼红姐姐的童年。他说，我长大了，一定去看爷爷。

在小伟15岁的时候，爸爸带着他回了趟老家，到公墓，爸爸费尽周折才找到杂草覆盖下几乎看不出来的一个小土堆。

爸爸说，记住爷爷的墓地位置，我会越来越老，以后就是你们来祭奠爷爷了。小伟仔细察看，挨在爷爷左边的坟前有碑，上面写着"王伟之墓"，爷爷右边的土堆也有墓碑，写着"李香香大人之墓"。

回去的路上，小伟问爸爸，爷爷为什么没有墓碑？

爸爸说，墓碑要钱啊，那几年咱家生活紧张，安葬完你爷爷，欠下很多债务，直到去年才还清，这不今年就带你来看看爷爷吗？

那咱现在生活好了，给爷爷立块碑吧！

现在？爸爸苦笑一下，你姐姐正在读研，也要给你准备读大学的费用，还有结婚的，要给你安排房子的，还是先顾你们，等以后有了条件，一定给爷爷立一块大石碑！

小伟在心里下了一个决心，一定要给爷爷立一块碑！

十年过去，小伟读了大学，节俭的小伟在校食堂和文具店分别打着两份工，挣够了5000元钱，就辞去两份工。现在他挣的钱足够给爷爷立一块很好的墓碑和往返的路费。

清明节放假三天，对于单纯的扫墓来说，还算宽裕，但对于小伟要给爷爷立碑来说，时间很紧。小伟下了火车的第一件事就是奔一家在网上查到的墓碑作坊，问明天能做好吗？老板说，10天之内都做不好。

小伟说，帮帮忙吧，我是从千里之外赶回的。老板哼一声，你知道我接了多少笔越洋的订单吗？

小伟说，您适当收些加班费。

问题是加班也赶不出呀，最快一周后。

小伟急得挠头：要不这样，我给您打一天工，帮着弄，行了吧？

老板说，那可好，明天一早来吧！

第二天，小伟往墓碑上拓字，老板和小工用电动工具刻，一天下来，做好了几十块碑。精疲力竭的小伟满脸欢喜，墓碑有他参与制作，爷爷在天之灵能看见的话，肯定也会高兴。

和小伟混熟了的老板问，你爷爷的墓在哪里？

小伟说了那家公墓的名字。老板说，恐怕这碑你立不成的。

为什么？

墓园里的业务他们垄断了，都是统一收费统一建立。

那怎么办啊？碑都做好了，也只有明天拉过去试试。

果然，被拦在墓园的进口处。一个负责人说，从去年开始，墓园规范管理了，你们从哪儿拉来的再退回哪里去！

小伟说，我是外地来的，不知道是这种情况，碑都做好了，你们给照顾照顾吧。

那人手一挥，说，不能照顾，如果都私自乱立，会大小不一，影响美观。

小伟好说歹说，那人就是不依。拉石碑来的小货车司机说，找熟人通融下吧，不然就得原路返回。

小伟想起一个同学是这个城市的，就打电话让他给想办法。同学说，你早说呀，我爸是民政局局长。

果然，十几分钟后，那人从里面跑出来对他招手，进来吧，下不为例！

下不为例？小伟在心里笑了。

新修的墓道两旁新栽了一些常青的松柏，完全不是小伟记忆中的模样。不过小伟还是凭着模糊的记忆，找到了"王伟之墓"和"李香香大人之墓"，可他们之间却是一座用水泥抹成的椭圆坟包和一块花岗岩墓碑，难道是别人给爷爷新修了墓？小伟看碑上的字，上面写着"高鹏程大人千古"。小伟姓张。

爷爷呢？还是记错了？

把整个墓园找遍了，再没有一座杂草掩盖的坟头。

小伟找到管理处，说找不到爷爷的坟墓。办事员问了爷爷的名字，在电脑前点击了半天鼠标，摇摇头，没有这个名字。又问，埋在这里多少年了？

小伟说，快 30 年了，一直没有墓碑，我这是来给爷爷立碑的。

那人说，续过费吗？

小伟说，续什么费？

土地使用费啊。活人的房子是 70 年土地使用权，墓地是 20 年，超过年限要交费才能再使用。

那我爷爷的情况……

去年墓地改造，把到期没交土地使用费的墓，做了无主处理。

什么？那你们为什么不通知家属？

通知了呀，当时我们把墓园改造和续费的告示一起都登了报纸，本市日报的中缝，一切手续都合法，当年你们也没留联系电话，难道让我们去一家一户登门通知？

爷爷，爷爷！小伟嘴巴喃喃地动着，他不知道该怎么处理刻给爷爷的这块花岗岩墓碑。

◀ 房屋出租

乔迁新居后，我发布了一条信息，想把老房子租出去。

信息发布后，来看房的不少，可都没租成。我很着急。

星期天，好友汤姆森来了，我提到此事，汤姆森说这好办，交给我吧。正说着，来了要看房子的电话，听声音是一位男士。

我的旧房子汤姆森也没少去，对房子和周围环境和我一样熟悉。我们边往旧房子那边走，汤姆森边打起了电话，之后对我说，如果你想把房子成功租出去，接下来你要一言不发，无论你看到什么和听到什么。我点点头。

来者自称杰克，胖墩墩的，一个大红鼻子头，两只眼睛玻璃珠似的咕噜咕噜不停转动。刚走进小区，杰克就止住步，不住地摇头。是的，小区环境太差了，垃圾满地。汤姆森说，先生，你要知道，小区没有物业费，能省下不少的钱。

杰克说，我宁愿花物业费，也不愿意住到肮脏的猪圈里。汤姆森说，您除了上班，就是待在房子里，房子满意才是最关键的，外面的脏乱其实和您关系不大。

杰克才又往前走。站到楼梯口，汤姆森边示意上楼边说，这是幢五层的小楼，我们的房子在三楼，最适宜居住。

楼梯前，杰克停下脚步说，一楼这么嘈杂啊？我的心一紧，好多求租者都是听到这能冲破耳膜的吵闹，连房子都没看就毅然回返。

汤姆森说，是一家私人幼儿园，这个吵和工厂的噪声是不同的，童声堪比天籁，每天看到圣洁的小天使们进出，听到悦耳的百灵鸟般的童声，心态会年轻，永远都不会老。再说孩子们放学回家后，晚上是非常安静的。

听汤姆森这样说，杰克才又脚步迟疑着迈向楼梯。

我打开三楼的房门，一股气味扑鼻而来。走在前面的汤姆森也不由自主地咳嗽了两声，手下意识地拿到鼻子前，不过又很快地放下，就势一指几个房间：您看，每一间都那么宽敞，多适宜居住啊！

实际的情况呢，屋里装修简单，墙面残破，也没什么摆设。汤姆森又指后窗，后面就是菜场，您买菜多方便。是的，那股让汤姆森咳嗽的味道就是从菜场传来的。杰克捂着鼻子，匆匆地看了几眼，就坚决地站到了门外。

租金很便宜的，绝对物有所值。汤姆森说。

杰克坚定地摇摇头，朝楼梯走去。

汤姆森又说，您来租房不就是为的一个舒适安静、价格合理吗？这里刚好适合您。楼上也安静，二楼和五楼都空着，只有四楼住着一个单身女人。

杰克的眉毛不易察觉地动了动。

汤姆森叹口气：四楼，一个孤单寂寞的良家女人。真的，你再也难找这么宁静温馨和浪漫的地方居住了。

正说着，橐橐的高跟鞋声上来，一位明眸如水身姿婀娜的妙龄女郎从我们身边擦过，莫名地朝我们几个微笑一下，脸上立刻现出两只又大又圆的酒窝儿。随后，她又橐橐地上了楼。女郎飘过，不见了身影，而她的一股体香还凝结不散，沁人心腑。

杰克的目光缓缓地从楼梯上收回来，明亮得能点燃蜡烛。他很神秘地问，四楼的女人跟你们很熟悉吗？

汤姆森说，不熟悉，不过她有个不好的习惯我要事先告诉你，单身女人嘛，寂寞难免会使她在晚上说话和唱歌，搞不好会影响您的休息，这是要提醒您的，认为不合适的话，就不要租这个房子。

杰克花朵般灿烂地笑了，宽容使他的眼睛看上去也更明亮：这个可以理解，既然单身肯定寂寞。说吧，你的租金多少钱？

汤姆森说，长租就很优惠。

杰克说，长租，我一次性交你三年的租金，给我优惠吧？

汤姆森也笑了，好的，给你最大的优惠！

杰克搬进去没两天，就打来电话：你们是骗子！

怎么是骗子？房子真实存在，你不是也住进去了，租金也是双方谈好的。

但你们真的欺骗了我！

我们哪里欺骗你了？周围的环境你都是了解了才租的，楼下是幼儿园，楼后是菜场，房间你看了，院子里的脏乱你也看见了，你说，哪里欺骗你了？

杰克口吃起来，最后还是说，不是说四楼……是那个……单身女人住吗？

是啊，千真万确是单身女人。

可不是那天从我们身边走过的女子啊？

谁说是了？你再想一想，我们是说四楼住着一个单身寂寞的女人，这一点不对吗？

杰克半晌无语，然后啪地挂断电话。

我忆起四楼的单身女人来，她老人家今年七十多岁了吧，孤苦寂寥，神神叨叨，差不多每晚都敲打地板和房间里能够敲打的一切来宣泄对逝去丈夫和失散儿子的思念。我庆幸我攒够钱买了新房逃离那里，同时更感谢汤姆森帮我把房子租出去。

我给他打电话：今晚我请你吃饭，一定来，并且一定要带上露丝，你靓丽迷人的女友！

◀ 柔软的信任

2005 年的时候，高速公路和省际公路上的监控摄像还不普及。

万里云的物流公司刚刚起步，有时业务多了，自己的几台货车不够用，就从外面货运信息部找空车配货的车来承运。

"万总，给乳品公司送广州 10 吨乳品的车找好了。"这天，业务员小李向万里云汇报，"这是一辆本省 6 米 8 的车，车有些旧，司机叫方细兵，运费谈到 3000 元。"

万里云的目光从手里的资料上抬起来："这是急件，你说了要两天内到货吗？"

"说了，他说能准时到达。"

"那就赶紧去装吧，一定要准时送到客户手上。"

"好嘞，"小李答应一声，轻快地走出去。

小李引导司机开车进入乳品公司。当成箱成箱的奶粉装上车时，司机方细兵露出贪婪的神情。

第二天傍晚，小李打完电话对万里云说："司机说已经过广东韶关了。"

哪知，第三天傍晚货物还没到。小李向万里云汇报："我刚又跟司机联系了，他说出了故障，正在修车，不过，他保证明天一早一定送到。"万里云有些焦急地说："让他抓紧吧，可不能出什么差错。"

"好的。"

转天一上班，小李推开万里云的办公室，神色慌张地说："万总，我打那个司机的电话，怎么也打不通了……"

万里云瞬间神情一变，猛地从座位上站起来……

时间过去了半个月，经过多方打听和寻找，司机和货物还是杳无音信。万里云才确信司机是飞车骗货，去公安局报了案。

报完案后，万里云和小李再次去了乳品公司。

乳品公司的负责人问："货物有消息了？"

万里云摇摇头："目前还没有，不过我相信，总有一天会抓到他的。我来和你们谈赔偿的，货物是交给我们弄丢的，我应负全部责任。"

负责人郑重地点点头，让财务核算了那一车乳品的价值，报给万里云："一共是 53.8 万。"

万里云尽管有心理准备，还是像被人迎头打了一拳。

小李喊了万里云一声，他才回过神来，说："你通知咱们财务，赶紧给乳品公司打款，账上如果不够，我再去想办法。"

时间一天天过去，骗货的司机仿佛在地球上消失了，没有一丝消息。

五年过去，这天，小李匆匆跑进万里云的办公室，神情激动地说："万总，公安局来了电话，说得到可靠消息，那年拉跑咱一车乳品的司机方细兵的爸爸去世了，方细兵偷着回来给他爸发丧了。"

万里云说："好啊，真是天网恢恢疏而不漏，咱们请求和公安的同志一起去抓坏人！"

汽车飞奔了 200 公里，到了江汉平原的一个小村庄，听见村子另一头传来唢呐声。顺着声音望去，一班子吹鼓手后面，是一座简易的灵棚。

两个便衣警察快速地来到灵棚，把披麻戴孝的方细兵喊出来，避开看热闹的人群，刚一出示警官证，方细兵就瘫坐在地上，说："我坦白，我一时财迷心窍，那年还没到广州就把一车奶粉都卖了。"

"卖了多少钱？钱呢？"

"卖了 5 万块钱，这些年我东躲西藏的，生意也做不好，都用光了。"

小李气愤地说："什么？才卖 5 万？那可是 50 多万的货呀！"

警察掏出银亮的手铐，方细兵伸出双手。

就在手铐即将合拢时，万里云瞥眼远处的灵棚，忙上前一步："警官，我有个请求。"

警察停下来，望着万里云。

万里云说："他能回来为他爸料理后事，也算良心未泯。还是让他把丧事办完，把老人入土为安了，再带他走，可以吗？"

警察迟疑了下，说："如果他再生邪念，那会给我们执法增加很大的难度。"

万里云走到方细兵身边，轻声地问："你也听见了，我和警官求了情，想等你发送完老人，再归案，我想问你，这期间，你还会跑吗？"

方细兵怔了一下，双膝跪倒在万里云跟前，左右开弓扇自己耳光："恩人啊，我不是人；爹啊，我对不起你！"

终于等到送葬的人群从田野里回来了，却没有了方细兵的身影。等在村头的两个警察一下紧张了，在人群中一张脸一张脸地查找，真的没有了方细兵！

万里云和小李也仔细地打量从面前经过的每张脸，确定没有。

万里云看到一个警察唇语的口型，知道他骂了一句脏话。万里云的脸红了，他感觉警察是在骂他。是啊，是自己一时心软，不该提议办完丧事再抓捕，只想着方细兵如果没有亲手将老人下葬，会留下终身遗憾，嗨，现在人不见了，再说这些还有什么用呢？当年方细兵拉走乳品能一口气躲三年，这次再跑了，还不知什么时候再抓到他了，善良真的是用错了地方。他想对警察说些什么，想对自己刚才的固执己见表示歉意，嘴巴动了动，什么也没说出。

几个人正不知道下一步该怎么办，小李这时惊呼道："你看！"

顺着小李指的方向，一个人影快速从远处跑来，快得有些连滚带爬。近了，是方细兵。

他手里端着一个带着泥土和铁锈的红色方形的铁皮饼干盒子，递到万里云手上，连喘几口大气，才说出话来："你是好人，这是我的全部家当……我藏下的3万元，只能赔给你这么多了。"

是他跑了半路又回来了？还是根本就没打算跑，只是去取钱要赔给万里云？

没等几个人多想，只见方细兵走到警察跟前，垂下头，递上并拢的双手，说："我接受法律的制裁。"